weissbooks.w

Breece D'J Pancake
Stories

Aus dem Amerikanischen von Katharina Böhmer

weissbooks.w

Der Druck dieses Buches wurde ermöglicht durch die Unterstützung von
Gerwin Janke und Adrian Koerfer.

Kleeblatt

»Pancake ist eine ganz außerordentliche Stimme, kratzig, sarkastisch, dringlich – in einer Art und Weise, daß sie Dich geradezu verfolgt.«

Margaret Atwood

»Ein junger Autor mit so ungewöhnlicher Begabung – man ist versucht, seinen ersten Auftritt mit dem Debüt von Hemingway zu vergleichen.«

Joyce Carol Oates

»Die Stories von Breece D'J Pancake sind nicht mehr und nicht weniger als die amerikanischen Dubliners von James Joyce.«

Jayne Anne Phillips

»Was für eine Entdeckung! Ein erstklassiger Erzähler. Seine Texte haben mit Sicherheit einen Ewigkeitswert wie die Nick-Adams-Stories von Hemingway.«

Carl Weissner

»Der geniale Joyce der Dubliners, wiedergeboren am Tresen eines gottverlassenen Diners in West Virginia, furchtsam, hochgradig einfühlsam, ein geladenes Jagdgewehr in der Hand.«

Patrick Roth

Inhalt

Trilobiten

Ich öffne die Tür des Lasters und steige hinunter auf die mit Backsteinen gepflasterte Nebenstraße. Ich schaue noch einmal auf den Company Hill, der ganz abgewetzt und rund ist. Vor langer Zeit war er richtig zerklüftet und stand wie eine Insel mitten im Teays River. Über eine Million Jahre hat es gedauert, um diesen glatten kleinen Hügel aus ihm zu machen, und ich habe ihn überall abgesucht, auf der Suche nach Trilobiten. Ich denke daran, dass er schon immer da war und immer da sein wird, zumindest so lange das irgendeine Rolle spielt. Die Luft ist rauchig vor Sommer. Ein Schwarm Spatzen segelt über mir vorbei. Ich bin in dieser Gegend geboren und wollte eigentlich nie weg. Ich erinnere mich, wie Paps' tote Augen mich ansahen. Sie waren richtig trocken, und das hat etwas aus mir herausgerissen. Ich schließe die Tür, steuere auf das Café zu.

Auf der Straße fällt mir ein Flecken auf: Der Beton hat die Umrisse von Florida, und ich erinnere mich, was ich in Ginnys Jahrbuch schrieb: »Wir werden von Mangos und Liebe leben.« Und dann ist sie ohne mich abgehauen – seit zwei

Jahren ist sie nun schon ohne mich da unten. Sie schickt mir Postkarten mit Flamingos und Leuten drauf, die mit Alligatoren ringen. Nie fragt sie mich was. Ich fühle mich wie ein Idiot wegen dem, was ich geschrieben habe, und gehe in das Café.

Es ist leer, und ich erhole mich in der gekühlten Luft. Die kleine Schwester von Tinker Reilly schenkt mir Kaffee ein. Ihre Hüften sind schön. Sie sind ein bisschen wie die von Ginny und gehen in hübschen Kurven in ihre Beine über. Solche Hüften und Beine machen sich am besten, wenn sie die Gangway hoch in ein Flugzeug steigen. Sie geht zum anderen Ende der Theke und stopft den Rest ihres Eisbechers in sich hinein. Ich lächle sie an, sie ist noch minderjährig. Kleine Schlampen und schwarze Schlangen sind die zwei Sachen, die ich nicht mal mit einer Fensterstange anfassen würde. Einmal habe ich eine alte schwarze Schlange als Lederpeitsche benutzt, dem Vieh den Kopf abgerissen, und Paps hat mich damit grün und blau geschlagen. Ich muss daran denken, wie Paps mich ziemlich wütend machen konnte. Ich grinse.

Ich denke an letzte Nacht, als Ginny anrief. Ihr Alter hatte sie vom Flughafen in Charleston abgeholt. Sie langweilte sich. Können wir uns sehen? Klar. Vielleicht einen heben gehen? Klar. Immer noch derselbe alte Colly. Immer noch dieselbe alte Ginny. Sie redete wie aufgezogen. Ich wollte ihr erzählen, dass Paps gestorben und Mom drauf und dran war, die Farm zu verkaufen, aber sie redete und redete. Das war mir nicht geheuer.

So wie mir die Becher nicht geheuer sind. Ich blicke auf die Becher, die an Haken im Fenster hängen. Namensschilder kleben darauf, eine Schicht aus Fett und Staub haftet an ihnen. Es gibt vier davon, und einer gehörte Paps, aber das ist nicht der Grund, warum sie mir nicht geheuer sind. Der sauberste ist der von Jim. Sauber, weil er ihn noch benutzt. Trotzdem hängt er da mit den anderen. Durch das Fenster kann ich sehen, wie Jim die Straße überquert. Seine Gelenke sind vor Arthritis ganz eingerostet. Ich frage mich, wie lange es wohl noch dauert, bis ich zu krächzen anfange, aber Jim ist alt, und es ist mir nicht geheuer, seinen Pokal da oben hängen zu sehen. Ich gehe zur Tür und helfe ihm beim Reinkommen.

Er sagt: »Sag jetzt die Wahrheit.« Und seine alte Pranke drückt mir in den Arm.

Ich sage: »Ich kann damit nichts anfangen.« Ich helfe ihm auf seinen Stuhl.

Ich ziehe diesen knubbeligen Stein aus meiner Tasche und knalle ihn vor Jim auf den Tresen. Er dreht ihn mit der Hand um, untersucht ihn. »Eine Schnecke«, sagt er. »Vielleicht aus dem Perm. Hast du wieder gekauft, ja?« Bei ihm kann ich nicht gewinnen. Er weiß alles.

»Aber ich kann einfach keinen Trilobiten finden«, sage ich.

»Es gibt einige«, sagt er. »Nicht viele. Die meisten der Aufschlüsse hier in der Gegend sind zu neu für sie.«

Das Mädchen bringt Jim Kaffee in seinem Becher, und wir sehen ihr nach, wie sie zurück in die Küche stöckelt. Schöne Hüften.

»Hast du das gesehen?« Er deutet mit dem Kopf auf sie.

Ich sage: »Weicher Sandstein.« Ich erkenne Minderjährige aus einer Meile Entfernung.

»Verdammt, in Michigan hat das Alter eines Mädchens deinen Vater und mich nie abgehalten.«

»Sag die Wahrheit.«

»Klar. Du musst das nur planen, damit du die erste Ladung raushaust, wenn deine Hosen noch oben sind.«

Ich schaue auf die Fensterbank. Sie ist übersät mit vertrockneten Fliegenskeletten. »Warum seid ihr aus Michigan weg, Paps und du?«

Die Falten um Jims Augen werden noch tiefer. »Der Krieg«, sagt er und schlürft seinen Kaffee.

Ich sage: »Er ist nie mehr dahin zurückgekehrt.«

»Ich auch nicht – ich wollte immer – dorthin oder nach Deutschland – nur, um mich mal umzusehen.«

»Ja, er hat mir versprochen, mir zu zeigen, wo ihr das ganze Silber und das andere Zeug im Krieg vergraben habt.«

Er sagt: »An der Elbe. Ist vermutlich längst nach oben gepflügt worden.«

Meine Augenhöhlen spiegeln sich in meinem Kaffee, der Dampf zieht um mein Gesicht, und ich merke, wie ich Kopfschmerzen kriege. Ich schaue hoch, um Tinkers Schwester um ein Aspirin zu bitten, aber sie kichert in der Küche.

»Da hat er auch die Wunde abgekriegt«, sagt Jim. »An der Elbe. Er war lange weggetreten. Kalt, Gott, war das kalt da. Ich dachte schon, er wäre tot, aber dann kam er wieder zu sich. Sagt zu mir ‚Ich bin einmal um die Welt gekommen‘. Sagt ‚China ist so schön, Jim‘.«

»Geträumt?«

»Weiß nicht. Hab vor Jahren aufgehört, mir über so was Gedanken zu machen.«

Tinkers Schwester taucht mit ihrer Kaffeekanne auf, um ein Trinkgeld von uns lockerzumachen. Ich bitte sie um ein Aspirin und sehe, dass sie einen Pickel auf dem Schlüsselbein hat. Ich erinnere mich nicht an Bilder von China. Ich betrachte die Hüften der Kleinen.

»Will Trent immer noch euer Grundstück für dieses Siedlungsprojekt?«

»Klar«, sage ich. »Mom wird wahrscheinlich auch verkaufen. Ich kann die Sache nicht so in Schuss halten, wie Paps das konnte. Das Zuckerrohr sieht verdammt übel aus.« Ich trinke meinen Becher aus. »Gehe heute abend mit Ginny aus.«

»Gib ihr das von mir«, sagt er. Er berührt meinen Schwanz. Ich mag es nicht, wenn er so über sie redet. Er sieht, dass ich das nicht mag, und sein Grinsen gefriert. »Hab eine Menge Gas für ihren Alten gefunden. Ein Teufelskerl war das, bis seine Frau abgetreten ist.«

Ich drehe mich auf meinem Hocker um, klopfe ihm auf die schwache alte Schulter. Ich denke an Paps und versuche, einen Witz zu machen. »Du stinkst so übel, bestimmt ist der Leichenbestatter hinter dir her.«

Er lacht. »Du warst das hässlichste Baby, das je geboren wurde, weißt du das?«

Ich grinse und gehe durch die Tür. Ich kann hören, wie er die Kleine ruft: »Komm mal rüber zu mir, Schatz, ich erzähl dir einen Witz.«

Der Himmel ist mit einem Film überzogen. Die Hitze brennt durch das Salz auf meiner Haut, zieht sie zusammen. Ich werfe den Laster an, fahre Richtung Westen die Autobahn entlang, die im ausgetrockneten Bett des Teays gebaut wurde. Die Ebene ist weit, und die Hügel ringsum sind wie gelbliche Wellen, die die Sonne nicht wegbrennen kann. Ich fahre an einem Schild vorbei, das die Works Progress Administration aufgestellt hat: »Überwacht von George Washington, die Teays-River-Autobahn.« Ich sehe Felder und Rindvieh an Stellen, wo jetzt Gebäude sind, fantasiere sie mir aus einer längst vergangenen Zeit her.

Ich biege von der Hauptstraße ab zu unserem Haus. Wolken lassen das Sonnenlicht in unserem Hof hell und dunkel aufblitzen. Ich schaue auf die Stelle am Boden, wo Paps hinfiel. Mit ausgestreckten Armen und Beinen lag er im dichten Gras, nachdem ein Splitter von einer alten Wunde bis in sein Gehirn vorgedrungen war. Ich erinnere mich, wie ich dachte, wie zerschlagen sein Gesicht aussah mit den Abdrücken vom Gras darauf.

Ich erreiche die Scheune und lasse meinen Traktor an, dann fahre ich zu der Erhebung am Ende unseres Grundstücks und halte an. Ich sitze dort, rauche, schaue mir noch einmal das Zuckerrohr an. Die Reihen schlängeln sich dicht übers Feld, aber um sie herum ist eine Art Narbe aus Lehm, und die Blätter haben eine leicht violette Braunfäule. Ich rege mich nicht auf wegen der Braunfäule. Ich weiß, das Zuckerrohr ist schon zu weit hinüber, um sich über die Braunfäule Sorgen zu machen. In der Ferne macht jemand Holz, und die Axthiebe hallen als Echo bis zu mir. Die Hänge rundherum wirken wie gebacken, Hitzegeister entsteigen ihnen. Unser Vieh zieht auf den Hügelkamm, und Vögel verstecken sich in Baumkronen, die wir nie beschnitten haben. Ich sehe auf den verwitterten alten Grenzpfahl. Paps hat ihn gesetzt, als seine Tage als Wanderarbeiter und Soldat vorbei waren. Er ist aus Robinienholz und wird noch lange dort stehen. Ein paar vertrocknete Winden hängen an ihm.

»Ich bin einfach nicht gut darin«, sage ich. »Es reicht einfach nicht, sich für etwas den Arsch aufzureißen, wenn man es nicht kann.«

Die Axthiebe hören auf. Ich lausche auf den Schlag der Heuschreckenflügel und strenge mich an, auch auf der anderen Seite der Talsohle Braunfäule zu entdecken. Und sage: »Jawoll, Colly, du könntest nicht mal in einem Haufen Pferdemist Stangenbohnen züchten.«

Ich drücke meine Zigarette auf dem Boden des Traktors aus. Ich kann hier kein Feuer gebrauchen. Ich drücke den Anlasser und rumple über die Felder, dann hinunter zur Furt des Bachs, der langsam austrocknet, und drüben wieder hoch. Von Baumstämmen fallen Schildkröten in Tümpel, überall steht Wasser. Ich mache den Motor aus. Das Zuckerrohr hier sieht genauso übel aus. Ich reibe mir den Sonnenbrand in den Nacken.

Ich sage: »Voll daneben, Gin. Kriege nichts richtig hin.”

Ich lehne mich zurück, versuche, diese Felder und die Hügel drumherum zu vergessen. Lange Zeit vor mir oder vor diesen Maschinen floss hier der Teays. Fast kann ich das kalte Wasser fühlen und wie es kribbelt, wenn die Trilobiten über einen kriechen. Das ganze Wasser aus den alten Bergen floss Richtung Westen. Aber dann hob sich das Land. Es blieben nur die Ebenen und die versteinerten Tiere, die ich sammle. Ich blinzle und atme. Mein Vater ist eine khakifarbene Wolke im Rohrdickicht, und Ginny ist für mich nicht mehr als der bittere Geschmack aus den Brombeerbüschen oben auf dem Hügelkamm.

Ich hebe meinen Sack hoch und stochere mit einem Fanghaken nach einer Schildkröte. Ein paar schnelle Döbel sausen davon. Im veralgten Wasser sehe ich Ringe sich ausbreiten, wo eine Schildkröte untertaucht. Das Miststück gehört mir. Der Tümpel riecht verfault, und die Sonne strahlt in einem harten Braun.

Ich wate hinein. Die Schildkröte verschwindet hinter den Wurzeln eines Baumstamms. Ich stochere herum und spüre, wie mein Fanghaken zuckt. Sie ist schlau, aber trotzdem ein Miststück. Ich wette, sie könnte für den Rest ihre Lebens Leberstückchen von einem Fanghaken klauben, aber sie ist trotzdem ein Miststück, weil sie sich in den Wurzeln verbirgt, während ich nach ihr stochere. Ich ziehe sie hoch und sehe, sie ist ganz schön bissig. Sie macht ihren stummeligen Hals krumm und beißt nach dem Fanghaken. Ich lege sie in den Sand und hole Paps' Messer heraus. Ich trete auf den Panzer und drücke fest zu. Der fette Hals wird rasch dünn, und kleine Stückchen treten hervor. Etwas Blut quillt aus der Wunde vom Fanghaken in den Sand, und als ich sie aufschneide, bildet sich eine ganze Pfütze.

Eine Stimme sagt: »Hast du 'nen Drachen gefangen, Colly?«

Ich zucke ein bisschen zusammen und blicke hoch. Es ist nur der Pächter, der im hellen Anzug am Bachufer steht. Sein Gesicht ist rosa gesprenkelt, und die Sonne lässt seine Brillengläser dunkel anlaufen.

»Ab und zu habe ich Lust auf eine«, sage ich. Ich schneide weiter Knorpel durch und ziehe den Panzer ab.

»Ja, dein Vater mochte Schildkrötenfleisch«, sagt der Typ.

Ich lausche auf die Zuckerrohrblätter, die in der Spätnachmittagssonne rascheln. Ich schmeiße die Eingeweide in den Tümpel, packe den Rest ein und gehe die Furt hoch. Ich sage: »Was kann ich für Sie tun?«

Da legt der Typ los: »Ich habe dich von der Straße aus gesehen – bin nur runtergekommen, um zu fragen, was mit meinem Angebot ist.«

»Das habe ich Ihnen gestern schon gesagt, Mr. Trent. Ich habe mit dem Verkauf nichts zu tun.« Ich bremse mich. Will ihm nicht zu nahe treten. »Da müssen Sie mit Mom reden.«

Aus dem Beutel tropft Blut in den Staub. Es wird zu dunklem Kleister. Trent verstaut seine Hände in den Taschen, blickt über die Zuckerrohrfelder. Eine Wolke schiebt sich vor die Sonne, und in ihrem Schatten glüht meine Ernte grünlich.

»Das hier ist fast die letzte echte Farm in der Gegend«, sagt Trent.

»Die Braunfäule holt sich alles, was nach der Trockenheit noch übrig ist«, sage ich. Ich nehme den Sack in meine freie Hand. Ich merke, ich bin etwas schwach. Ich lasse diesen Typen machen und mich herumkommandieren.

»Wie kommt deine Mutter denn klar?«, sagt er. Ich sehe keine Augen hinter seinen rauchfarbenen Gläsern.

»Ziemlich gut«, sage ich. »Sie will nach Akron ziehen.« Ich schwinge den Sack ein bisschen Richtung Ohio und spritze etwas Blut auf Trents Hosen. »Entschuldigung«, sage ich.

»Das geht schon wieder raus«, sagt er, aber ich hoffe nicht. Ich grinse und beobachte das aufgerissene Schildkrötenmaul im Sand. »Ach was, wieso denn Akron?«, fragt er. »Habt ihr da Verwandte?«

Ich nicke. »Sie schon«, sage ich. »Sie wird Ihr Angebot annehmen.« Dieser heiße Schatten quält mich, und meine Stimme ist nur noch ein Flüstern. Ich werfe den Sack auf den Boden des Traktors, klettere hinein und haue den Anlasser rein. Ich fühle mich auf eine Art besser, die ich so noch nie gespürt habe. Der heiße Metallsitz brennt durch meine Jeans.

»Ich hab Ginny auf der Post gesehen«, ruft dieser Typ. »Sie ist schon eine Hübsche.«

Ich winke, lächle fast, als ich den Gang einlege und den Feldweg hochrumple. Ich fahre an Trents verstaubtem Lincoln vorbei, entferne mich von meinem zerfressenen Zuckerrohr. Das alles kann jetzt verschwinden; die verdorbene Aussaat, die Dürre, die Braunfäule – das alles kann verschwinden, wenn sie die Papiere unterschreibt. Ich weiß, schuld daran werde immer ich sein, aber es kann nicht alles nur mein Fehler sein. »Was ist denn mit dir?«, sage ich. »Den ganzen Morgen über hat dir die Seite wehgetan, aber du wolltest nicht zum Arzt gehen. Natürlich nicht, denn du musstest aufpassen, dass dein dummer Junge die Saat richtig in die Erde bekommt.« Ich halte die Schnauze, um nicht länger wie ein Idiot zu reden.

Ich stoppe meinen Traktor auf dem gepflasterten Weg vor der Scheune und schaue zurück über das Zuckerrohr zum Bachbett. Gestern hat Trent noch gesagt, dass die Senken mit Erde aufgefüllt werden. Das wird die Häuser über die Flutlinie bringen, aber es wird das Wasser auch ansteigen lassen. Unter all diesen Häusern werden meine Schildkröten zu Stein werden. Die Hereford-Rinder sehen aus wie rostige Flecken auf den Hügeln. Ich sehe Paps' Grab und frage mich, ob zukünftiges Hochwasser es überfluten wird.

Ich sehe zu, wie die Rinder spielen. Es wird wohl bald regnen. Es regnet immer bald, wenn die Rinder spielen. Manchmal spielen sie auch, wenn Schnee kommt, aber meistens kommt Regen. Nachdem Paps mich mit dieser schwarzen Schlange windelweich geschlagen hatte, hängte er sie über einen Zaun. Aber es regnete nicht. Die Rinder spielten nicht, und es regnete nicht, und ich hielt den Mund. Die Schlange war übel genug gewesen, ich wollte nicht auch noch den Gürtel.

Ich blicke lange auf diesen Hügel. Mein erstes Mal mit Ginny war in der Baumkrone auf diesem Hügel. Ich denke daran, wie nah wir uns damals sein konnten und vielleicht sogar jetzt noch sind, keine Ahnung. Ich würde gerne mit Ginny mitgehen, ihr Haar in irgendeinem Feld verwuscheln. Aber ich kann sie auf der Post sehen. Ich wette, sie hat gerade Postkarten an irgendeinen Typen in Florida geschickt.

Ich fahre weiter auf die Scheune zu, halte unter dem Vordach. Ich wische mir mit dem Ärmel Schweiß aus dem Gesicht und sehe, dass mir die Nähte von den Schultern gerutscht sind. Wenn ich gerade sitze, fülle ich sie wieder aus. Die Schildkröte bewegt sich im Sack, und mir ist das Geräusch nicht geheuer, wie ihr Panzer gegen den Fanghaken klirrt. Ich trage den Beutel zum Wasserhahn, um das Fleisch zu säubern. Paps mochte immer gerne Schildkrötenfleisch im Eintopf. Er redete eine Menge über Eintopf und die Urwälder, noch eine Stunde, bevor ich ihn fand.

Ich frage mich, wie es sein wird, wenn Ginny vorbeikommt. Ich hoffe, sie redet nicht wie aufgezogen. Vielleicht nimmt sie mich dann zu sich nach Hause mit. Wenn ihre Mutter nicht Paps' Kusine gewesen wäre, würde mich ihr Alter schon ins Haus lassen. Der soll mich mal. Aber ich kann mit Ginny reden. Ich frage mich, ob sie sich an die Pläne erinnert, die wir für die Farm hatten. Und dass wir

Kinder wollten. Sie war immer ganz verrückt nach einem Pfau. Ich werde ihr einen besorgen.

Ich lächle, während ich den Sack in das rostige Becken fallen lasse, aber der Scheunengeruch –Heu, Rinder, Benzin – erinnert mich an etwas. Ich und Paps haben diese Scheune gebaut. Ich schaue auf jeden einzelnen Nagel mit demselben dumpfen Schmerzgefühl.

Ich säubere das Fleisch und breite es auf einem Stück Stoff aus, das aus einem alten Betttuch gerissen ist. Ich lege die Ecken zusammen, gehe zum Haus.

Die Luft ist heiß, aber irgendwie aufgewirbelt, und die Fliegengitter im Küchenfenster klappern. Von drinnen kann ich Mom und Trent auf der Veranda reden hören, und ich lasse das Fenster offen. Er versucht, sie auf dieselbe Art zu ködern wie mich gestern, und ich wette, Mom kauft ihm das ab. Sie denkt wahrscheinlich an Teeparties mit ihren Kusinen in Akron. Sie hört nie zu, wenn jemand was sagt. Sie nickt immer alles ab – außer es kommt von Paps oder mir. Sie hat sogar für Hoover gestimmt, bevor sie geheiratet haben. Ich schmeiße das Schildkrötenfleisch in eine Bratpfanne, hole mir ein Bier. Trent klopft sie mit mir weich; ich spitze die Ohren.

»Auf Collys Einverständnis würde ich setzen«, sagt er. Ich höre es deutlich, er hat immer noch diese näselnde Aussprache der Leute aus den Hügeln.

»Ich habe ihm gesagt, Sam könnte ihn bei Goodrich unterbringen«, sagt sie. »Da lernt er einen Beruf.«

»Und in Akron gibt es eine Menge junger Leute. Er würde da sicher glücklicher sein.« Seine Stimme hört sich verdammt nach Fernsehen an, denke ich.

»Na ja, er ist fürchterlich nett, leistet mir so oft Gesellschaft. Geht überhaupt nicht mehr aus, seitdem Ginny auf ihr College verschwunden ist.«

»In Akron gibt es auch ein College«, sagt er, aber ich mache das Fenster zu.

Ich lehne mich gegen das Spülbecken, reibe mit den Händen über mein Gesicht. Der Schildkrötengeruch hat sich zwischen meinen Fingern festgesetzt. Es riecht exakt nach Tümpel.

Durch die Tür zum Wohnzimmer sehe ich den Kasten für die Steine, den Paps mir gebaut hat. Die weißen Etiketten sind hinter dem dunklen Glanz der Scheibe deutlich zu erkennen. Bei über der Hälfte von ihnen hat Ginny mir beim Suchen geholfen. Wenn ich auf ein College ginge, könnte ich zurückkommen und Jims Job bei den Erdgaspumpen übernehmen. Ich mag es, Steine in der Hand zu halten, die vor so langer Zeit gelebt haben. Aber Geologie ist kein Zuckerschlecken für mich. Ich kann nicht einmal einen Trilobiten finden.

Ich rühre in der Fleischbrühe, lausche auf Geräusche oder Gespräche auf der Veranda, aber es ist nichts. Ich schaue hinaus. Ein Blitz vertreibt den Schatten vom Hof und hinterlässt einen dunklen Streifen unter der Höhle der Scheune. In der stillen Luft fühle ich eine Art Schaum auf meiner Haut. Ich nehme mein Abendessen mit auf die Veranda.

Ich schaue ins Tal, in dem früher Bisons grasten, bevor die ersten Gleise verlegt wurden. Jetzt sind diese Gleise von einer Autobahn überdeckt, und Autos rasen im Wind hin und zurück. Ich sehe Trents Wagen zurücksetzen und ostwärts Richtung Stadt wegfahren. Ich habe Angst davor, sofort zu fragen, ob er bekommen hat, was er wollte.

Ich halte Mom meinen Teller unter die Nase, aber sie wedelt ihn mit der Hand weg. Ich sitze in Paps' altem Schaukelstuhl, sehe den Sturm aufziehen. Kleine staubige Wirbelstürme bilden sich auf der Straßenböschung, und Ahornzweige landen im Hof, ihre weiße Unterseite zeigt nach oben. Jenseits der Straße biegt sich unser Windschutz, Reihen von Zedern, die es gleichzeitig in alle Richtungen neigt.

»Kommt da was Großes?«, frage ich.

Mom sagt nichts und fächelt sich mit dem Fächer eines Beerdigungsinstituts Luft zu. Der Wind zerzaust ihr Haar, aber sie wedelt mit dem Pappbildchen von Jesus weiter wie verrückt. Ihr Gesicht verändert sich. Ich weiß, was sie denkt. Sie denkt, dass sie nicht die junge Frau auf dem Bild auf dem Kaminsims ist. Es ist nicht sie, die dort mit Paps' Feldmütze auf dem Kopf steht.

»Ich wünschte, du wärst rausgekommen, als er da war«, sagt sie. Sie starrt über die Straße auf den Windschutz.

»Ich habe ihn gestern schon gehört«, sage ich.

»Das meine ich doch überhaupt nicht«, sagt sie, und ich sehe, wie sich ihre Augenbraue etwas senkt. »Es geht darum, dass Jim angerufen und gefragt hat, ob wir ein paar Bohnen wollen, und ich musste ihm sagen, sie im Wagen bei der Kirche zu lassen. Ich schwöre dir, die Leute reden, wenn Männer zu einer Witwe nach Hause gehen.«

Ich weiß, dass Jim wie ein blöder alter Knacker redet, aber er würde sie nie vergewaltigen oder so. Ich will nicht mit ihr streiten. »Also«, sage ich, »wem gehört das hier jetzt?«

»Immer noch uns. Vor morgen müssen wir nichts unterschreiben.«

Sie hört auf, mit Jesus herumzuwedeln, und guckt mich an. Dann legt sie los: »Du wirst es in Akron mögen. Mein Gott, ich wette, Marcys jüngste Tochter würde dich wahnsinnig gern treffen. Sie ist auch immer auf der Suche nach Steinen. Außerdem hat dein Vater immer gesagt, wir ziehen dahin, wenn du groß genug bist, die Farm zu übernehmen.«

Ich weiß, sie muss das sagen. Ich halte einfach den Mund. Der Regen setzt ein und trommelt auf das Blechdach. Ich beobachte, wie der Wind an Kraft gewinnt und Äste von den Bäumen bricht. Fahle Lichtsplitter schießen hinter den Hügeln am Horizont zu Boden. Wir werden von dem Sturm nur gestreift.

Ginnys Sportswagen düst ostwärts über die Straße. Beim Vorbeifahren hupt sie, aber ich weiß, sie wird zurückkommen.

»Genau wie ihre Mutter«, sagt Mom. »Rast wie der Teufel zum Zapfhahn.«

»Sie hat ihre Mutter nie gekannt«, sage ich. Ich stelle meinen Teller auf den Boden. Bin froh, dass Ginny daran gedacht hat, zu hupen.

»Was wäre, wenn ich mit irgend einem Vorarbeiter von den Erdgaspumpen abhauen würde?«

»Das würdest du nicht tun, Mom.«

»Stimmt«, sagt sie und sieht zu, wie die Autos vorbeirollen. »Er hat sie in Chicago erschossen. Und hat sich auch umgebracht.«

Ich schaue hinter die Hügel und hinter die Zeit. Rotes Haar bedeckt das Kissen, blutverspritzt von der Kugel. Ein anderer Körper liegt verkrumpelt und warm am Fuß des Bettes.

»Die Leute sagen, er hat es getan, weil sie ihn nicht heiraten wollte. Man fand zwei Eheringe in seiner Tasche. So ein leibhaftiger kleiner Italo.«

Ich sehe Polizei und Reporter in dem kleinen Raum. Gemurmel dringt in den Korridor, aber niemand schaut wirklich in das Gesicht der toten Frau.

»Na ja«, sagt Mom, »wenigstens hatten sie noch ihre Kleider an.«

Der Regen lässt nach, und eine ganze Weile sitze ich da und sehe zu, wie die Schilder neben der Straße im Wind hin und her schwanken. Ich denke an all die Leute, die ich kenne, die aus diesen Hügeln weggegangen sind. Nur Jim und Paps sind in die Gegend zurückgekommen, haben das Land bearbeitet.

»Guck mal, die Irrlichter.« Mom deutet auf die Hügel.

Der Regen tröpfelt nur noch und sickert in den kalten Boden. Nebel steigt auf, der sich wie Gespenster in die Äste und Furchen kräuselt. Die Sonne versucht, durch diesen Dunst zu dringen, aber sie ist nur ein trüber brauner Fleck am rosaroten Himmel. Wo der Nebel liegt, schimmert das Licht in poliertem Orange.

»Kann mich nicht mehr daran erinnern, wie Paps das genannt hat«, sage ich.

Die Farben wechseln, verändern ihre Schattierungen.

»Er hatte für alles immer komische Namen. Einen Kater nannte er immer ‚Katzer‘.«

Ich denke an die Zeit zurück. »Cornflakes waren für ihn ‚Hornecken‘ und ein Hühnchen ein ‚Dümmchen‘.«

Wir lachen.

»Ja«, sagt sie, »er wird immer ein Teil von uns sein.«

Der klebrige Anstrich der Armlehne klebt unter meinen Fingernägeln. Ich denke daran, wie sie es geschafft hat, ein normales Essen zu verderben.

Ginny hupt wieder von der Hauptstraße. Ich stehe auf, um reinzugehen, halte aber die Tür in der Hand, suche nach Worten. Dann sage ich: »Ich werde nicht in Akron leben.«

»Und wo genau werden Sie leben, mein Herr?«

»Ich weiß nicht.«

Sie fängt wieder an, mit ihrem Fächer zu wedeln.

»Ginny und ich fahren ein bisschen durch die Gegend«, sage ich.

Sie schaut mich nicht an. »Komm nicht so spät. Mr. Trent macht keine Überstunden für Nicht-Biertrinker.«

Im Haus ist es still, und ich kann sie da draußen schniefen hören. Aber was kann ich daran ändern, verdammt? Ich beeile mich, den Schildkrötengeruch von meinen Händen zu waschen. Es schüttelt mich am ganzen Körper, während das Wasser an ihnen runterfließt. Ich bin frech geworden. Ich bin noch nie frech geworden. Ich habe Angst, aber ich höre auf zu zittern. Ginny kann nicht sehen, wie ich zittere. Ich gehe einfach raus auf die Straße, ohne mich auch nur ein einziges Mal zur Veranda zurückzudrehen.

Ich steige ins Auto, lasse mich von Ginny auf die Wange küssen. Sie sieht so anders aus. Diese Kleider habe ich noch nie gesehen, und sie hat zuviel Schmuck an.

»Du siehst gut aus«, sagt sie. »Hast dich kein bisschen verändert.«

Wir fahren Richtung Westen, die Schnellstraße entlang.

»Wohin geht's?«

Sie sagt: »Lass uns an einen Ort von früher fahren. Wie sieht's aus mit dem Güterbahnhof?«

27

Ich sage: »Klar.« Ich greife nach hinten und hole mir eine Dose Falls City. »Du lässt dir die Haare wachsen.«

»Magst du's?«

»Hm, schon.«

Wir fahren. Ich blicke auf den eingefärbten Nebel, auf die wechselnden Schattierungen der Farben.

Sie sagt: »Irgendwie ein unheimlicher Abend, was?« Sie ist immer noch wie aufgezogen.

»Paps nannte das immer Narrenfeuer oder so ähnlich.«

Wir halten neben dem alten Güterbahnhof. Er ist fast vollständig mit Brettern vernagelt. Wir trinken und sehen zu, wie die Farben sich am Himmel in graue Dämmerung verwandeln.

»Schaust du ab und zu noch in dein Jahrbuch?« Ich stürze den Rest meines Biers hinunter.

Sie lacht sich kaputt. »Weißt du was«, sagt sie, »ich weiß nicht mal mehr, wo ich das Ding hingetan habe.«

Ich fühle mich viel zu schäbig, um irgendetwas zu sagen. Ich schaue über die Gleise hinweg über ein Feld, das übersät ist mit Wiesenlieschgras. Dort stehen Erdgaspumpen, Pumpen, die das Gas seit Urzeiten absaugen. Das Gas brennt blau, und ich frage mich, ob die Sonne in den alten Tagen auch blau war. Die Gleise laufen in die Ferne, bis sie nur noch ein Punkt im braunen Dunst sind. Man kann das Knacken der Weichen hören. Ein paar Tankwagen verrotten auf dem Rangiergleis. Ihre Räder rosten allmählich an den Gleisen fest. Ich frage mich, was ich verdammt noch mal je mit Trilobiten wollte.

»In Rock Camp ist bestimmt die Hölle los«, sage ich. Ich schaue Ginny beim Trinken zu. Ihre Haut ist so weiß, dass sie gelblich leuchtet, und das letzte Licht wirft Funken in ihr rotes Haar.

Sie sagt, »Daddy würde ein Höllenspektakel machen. *Ich* so nah an den Erdgaspumpen.«

»Du bist jetzt ein großes Mädchen. Komm schon, drehen wir eine Runde.«

Wir steigen aus, und sie greift sofort nach meinem Arm. Ihre Finger fühlen sich auf den Adern meiner Hand wie Bänder an.

»Wie lange bleibst du?«, sage ich.

»Hier nur eine Woche, dann noch eine Woche mit Daddy in New York. Ich kann's kaum erwarten, zurückzufahren. Es ist toll.«

»Hast du einen Typen?«

Sie schaut mich mit diesem komischen Lächeln an, das sie manchmal hat. »Ja, ich habe einen Typen. Er ist in der Planktonforschung.«

Seitdem ich frech geworden bin, habe ich Angst davor, aber jetzt verletze ich wieder jemanden. Wir kommen zu den Tanklastzügen, und sie hält sich an einer Leiter fest, klettert hoch.

»Ist das so richtig?« Sie sieht komisch aus, ganz zusammengekauert, als wäre sie gerade auf einen fahrenden Güterzug aufgesprungen. Ich lache.

»Du musst an dem Ende aufspringen, das am nächsten an der Lok dran ist. Wenn du ausrutschst, haut es dich weg. So weit weg wie du bist, würde dich der Fahrtwind runtersaugen. Außerdem würde niemand auf einem Tankwagen mitfahren."

Sie klettert herunter, greift aber nicht nach meiner Hand. »Er hat dir alles beigebracht. Was hat ihn getötet?«

»Ein kleines Stück einer Patrone. War schon seit dem Krieg in ihm drin. Ist in seine Blutbahn geraten …« Ich schnippe mit den Fingern. Ich will reden, aber die Bilder wollen nicht zu Worten werden. Ich sehe mich selbst überall verstreut, jede Zelle ist meilenweit von den anderen entfernt. Ich hole sie zurück und knie mich in das dunkle Gras. Ich rolle denKörper so, dass das Gesicht nach oben zeigt, und blicke eine lange Zeit in die Augen, bis ich sie schließe. »Du redest nie über deine Mutter«, sage ich.

Sie sagt: »Das will ich auch nicht«, und rennt los, auf ein offenes Fenster im Güterbahnhof zu. Sie wirft einen Blick hinein, dreht sich nach mir um. »Können wir reingehen?«

»Warum? Da drin ist nichts außer alten Frachtwaagen.«

»Weil es gruselig ist und lustig und weil ich es will.« Sie rennt zurück, küsst mich auf die Wange. »Ich kann dieses bedrückte Gesicht nicht mehr sehen. Lach doch mal!«

Ich gebe auf und laufe zum Güterbahnhof. Ich ziehe eine morsche Bank unter das zerbrochene Fenster und klettere hinein. Ich nehme Ginnys Hand, um ihr zu helfen. Eine Glasscherbe schneidet ihr den Unterarm auf. Der Schnitt ist nicht tief, aber ich ziehe mein T-Shirt aus, um es ihr um den Arm zu wickeln. Blut tropft rot durch den Stoff.

»Tut's weh?«

»Nicht wirklich.«

Ich sehe, wie eine Wespe auf der Glasscherbe landet. Ihre metallisch-blauen Flügel flattern, während sie die Kante entlang krabbelt. Sie saugt auf, was das Glas von ihrer Haut gekratzt hat. Ich höre, wie in den Schächten gearbeitet wird.

Ginny steht am anderen Fenster und starrt durch ein Loch in der Sperrholzplatte.

Ich sage: »Siehst du den hellgrünen Fleck auf dem zweiten Hügel?«

»Ja.«

»Das ist das Kupfer auf dem Dach aller deiner Leute.«

Sie dreht sich um, starrt mich an.

»Ich komme oft hierher«, sage ich und atme die modrige Luft ein. Ich drehe mich weg von ihr und schaue aus dem Fenster zum Company Hill, aber ich kann ihren starren Blick im Rücken spüren. Der Company Hügel sieht in der Dämmerung ziemlich groß aus, und ich denke an all die Hügel im Umkreis der Stadt, auf die ich nie einen Fuß gesetzt habe. Ginny stellt sich hinter mich, und unter ihren Schritten zersplittert das Glas. Der verletzte Arm legt sich um mich, der winzige Blutfleck in meinem Rücken fühlt sich kalt an.

»Was ist los, Colly? Warum können wir keinen Spaß haben?«

»Als junger Hund habe ich einmal versucht, von zuhause wegzulaufen. Ich bin über diese Wiese auf die andere Seite des Hügels gelaufen, und da huschte ein Schatten über mich weg. Ich schwöre bei Gott, ich dachte wirklich, es wäre ein Flugsaurier. Dabei war es nur ein blödes Flugzeug. Ich war so verrückt vor Angst, dass ich nach Hause zurückgegangen bin.« Ich kratze Lackreste vom Fensterrahmen, warte, dass sie etwas sagt. Sie lehnt sich an mich, und ich küsse sie wild. Ihre Taille wölbt sich in meiner Hand. Die Haut in ihrem Nacken wirkt fast zu weiß im blassen Abendlicht. Ich weiß, sie kapiert nichts.

Ich lasse sie auf den Boden gleiten. Ihr Duft steigt zu mir auf, und ich schiebe Kisten weg, um Platz zu schaffen. Ich warte nicht. Sie macht keine Liebe, sie will gelegt werden. In

Ordnung, denke ich, in Ordnung. Sex kannst du kriegen. Ich ziehe ihre Hosen auf ihre Knöchel herunter, gebe es ihr. Ich denke an Tinkers Schwester. Ginny ist nicht hier. Unter mir liegt Tinkers Schwester. Ein Strom aus blauem Licht zieht über mich hinweg. Ich öffne meine Augen, schaue auf den Boden, rieche den Geruch von regennassem Holz. Schwarze Schlangen. Es war das einzige Mal, dass er mich peitschen musste.

»Lass mich mit dir mitkommen«, sage ich. Ich möchte, dass es mir leid tut, aber das gelingt mir nicht.

»Colly, bitte …« Sie schiebt mich weg. Ihr Kopf rollt in Splittern von Farbe und Glas hin und her.

Ich schaue eine ganze Weile auf die tiefen Schatten, die ihre Augen verbergen. Sie ist jemand, den ich vor langer Zeit getroffen habe. Einen Augenblick lang kann ich mich nicht an ihren Namen erinnern, dann fällt er mir wieder ein. Ich lehne mich gegen die Wand, und meine Wirbelsäule tut weh. Ich höre, wie die Wespen ihre Nester bauen, und fahre mit dem Finger über ihren Hals.

Sie sagt: »Ich will gehen. Mein Arm tut weh.« Ihre Stimme kommt irgendwoher tief aus ihrer Brust.

Wir klettern nach draußen. Ein gelbes Licht liegt auf den Bahnschwellen, und die Weichen knacken. Weit weg höre ich einen Zug. Sie gibt mir mein T-Shirt zurück und steigt in ihren Wagen. Ich stehe da und schaue auf die Blutflecken auf dem Stoff. Ich fühle mich steinalt. Als ich aufsehe, sind ihre Rücklichter nur noch rote Flecken im Nebel.

Ich gehe hinüber zum Bahnsteig, lasse mich auf die Bank fallen. Der Abend kühlt meine Augenlider. Ich denke daran, dass dieses eine Mal das einzige Mal war, dass ein Flugzeug über mich hinweggeflogen ist.

Ich stelle mir meinen Vater vor, wie er dasteht, den See im Rücken – ein junger Wanderarbeiter, den der Sonnenuntergang in Michigan zum Blinzeln bringt. Sein Gesicht ist hart von all den Tagen und Orten, für die er gekämpft hat, um dort zu leben, und plötzlich weiß ich: Es war sein Fehler, hierher zurückzukommen und den Robinienpfosten in dieses Stück Land zu rammen.

»Ist dir schon mal aufgefallen, dass nach einem Regen nur blaue Glühwürmchen rauskommen? Die grünen fast nie.«

Ich höre einen Zug näherkommen. Er hat ein ganz schönes Tempo drauf. Und keine Leichen im Gepäckwagen.

»Also, weißt du, der Teays muss ein riesiger Fluss gewesen sein. Du musst nur auf dem Company Hill stehen und über die Ebenen schauen. Dann siehst du es.«

Meine Haut vibriert vom Lärm des Zuges. Sein Licht schneidet ein breites Stück aus dem Nebel. Wenn man noch bei Trost ist, würde man nie versuchen, auf den bei voller Fahrt draufzuspringen. Wie in dem Film »Hell-bent for election«[1].

»Jim sagte, dass er in Richtung Westnordwest geflossen ist – bis ganz nach oben zu dem alten Saint-Lawrence-Graben. Es hat Hornhechte in ihm gegeben – zehn, vielleicht zwanzig Fuß lang. Er sagte, dass sie immer noch drin sind.«

Der gute alte Jim. Über so eine Lüge wird er wahrscheinlich noch mal ins Gras beißen. Ich sehe den Zug, er rattert vorbei. Unter einer ausgeleierten Bahnschwelle quillt

---

[1] Amerikanischer Trickfilm von 1944, der zur Wahl Franklin D. Roosevelts animieren sollte. Der demokratische Präsidentschaftskandidat wird hier als Hochgeschwindigkeitszug porträtiert, der gegen seinen republikanischen Herausforderer, die »Dampflok« Thomas E. Dewey, antritt [Anm. der Übers.].

Schlamm hervor, weil er so schwer ist. Er ist einfach zu schnell, man kann nicht hochspringen. Schlicht und einfach.

Ich stehe auf. Ich werde die Nacht zuhause verbringen. Ich muss die Augen noch in Michigan zudrücken – vielleicht sogar in Deutschland oder in China, das weiß ich jetzt noch nicht. Ich laufe los, aber ich fürchte mich nicht. Ich fühle, wie meine Angst in Ringen von mir fortgetragen wird, durch die Zeit, eine Million Jahre.

In der Talsenke

Buddy kauerte auf Knien in dem drei Fuß hohen Flöz und verlor sich im Arbeitsrhythmus der Bergwerksmannschaft: Absetzen, Hochheben, Auskippen. Kohle und Sandstein glitzerten im Licht seiner Stirnlampe. Das alles hier hatte nichts von einem richtigen Bergwerk, keine tiefen Tunnel oder Mannschaftswagen, nur Absetzen, Hochheben und Auskippen, nur die Lichtblitze von Stirnlampen in den Reihen der Kumpel. In dieser Monotonie träumte er sich zurück, als sein Vater ihn in die Zisterne hinuntergelassen hatte: Vor vielen Sommern hatte er die kühlen Ziegelwände berührt, die feuchte Luft gespürt, die vom Wasser unter ihm aufstieg, den Flaschenzug im kreisförmigen Himmelblau über ihm quietschen hören. Das Blech des Eimers verbog sich unter seinen kleinen Füßen, und er fing zu weinen an. Sein Vater zog ihn nach oben. »So machen wir das immer«, lachte er und trug Buddy ins Haus.

Aber das war ganz am Anfang: Bevor sie vom Hügelkamm wegzogen, bevor das Bergwerk zumachte, bevor die Fürsorge kam. Weiter hinten in der Mannschaft waren die Männer ruhig, und Buddy fragte sich, ob sie an alberne Dinge dachten. Von der Stelle aus, an der er hockte, konnte er das grau grinsende Licht am Eingang sehen. Der Märzwind verteilte den Staub in kleinen Wolken. Die Lore, in die eine halbe Tonne passte, war jetzt voll, und der letzte Mann in der Kette schob sie auf den Schienen der Zweirad- bahn Richtung Schütte.

»Macht mal Pause«, rief jemand von der Öffnung, und als Buddy seine Schaufel neben sich legte, sah er seinen Cousin Curtis durch den Eingang kommen. Er zog einen Pfosten aus Pappelholz hinter sich her, während er an der Mann- schaft vorbei- und auf den Abbaustoß zukrabbelte. Buddy beobachtete, wie Curtis den Pfosten aufrichtete: Er war zu kurz, und Curtis schlug Keile darunter, um ihn festzuklem- men.

»Geht's?«, fragte Buddy.

»Verdammt, nein, aber sieht doch gut aus.«

Estep, Buddy's Vorarbeiter, stieß ein grunzendes Lachen aus. »Das verdammte Flöz geht zu tief. In diesem Loch hier gibt's nichts als Kohle. Wann werden wir auf Gold stoßen?«

Buddy spürte das Licht von Esteps Stirnlampe auf seinem Gesicht und drehte sich zu ihm. Estep grinste. Auf seiner Backe war eine dunkelrote Platzwunde von einer Schlägerei unter Staub und Schweiß zu sehen.

»Kautabak?« Estep reichte seinen Tabakbeutel, und Buddy nahm ein dreifingerbreites Stück. Dann lehnten sie sich Rü- cken an Rücken aneinander, streckten die Beine aus und kauten auf dem Tabak herum.

»Der Abbau wird ziemlich groß«, sagte Estep. Buddy konnte die Stimme in seinem Rücken spüren.

»Die gleiche Sache passiert oben in Storm Creek«, sagte er und zog die rutschende Polsterung wieder auf seine Knie.

»Und Johnsons Leute haben das Gleiche gemacht.«

»Curt«, brüllte Buddy, »wann haben die eine Bohrprobe hier im Berg gemacht?«

»Heiliger Strohsack, das weiß ich doch nicht«, sagte der und versuchte, einen weiteren Keil unter den Pfosten zu treiben.

»Muss an die sechzig Jahre her sein«, sagte Estep. »Sie erzählen doch, dass dein Opa auf sie geschossen hat. Dachte, es waren Anwälte aus Philadelphia.

»Ach ja.« Buddy lachte, als er sich an die alten Geschichten erinnerte.

Aus der Nähe der Öffnung, wo der Rest der Mannschaft sich zusammengerottet hatte, um Luft zu schnappen, dröhnte ein heftiges Lachen herüber, und Buddys Muskeln spannten sich an.

»Eines Tages werd ich diesem Fuller noch mal den Hals umdrehen«, sagte er und spuckte den süßen Tabaksaft aus.

»Was hat er denn gesagt, das immer noch an dir nagt?«

»Der ist nichts mehr wert, seit er den Wagen hat.«

»Es geht um Sally, was?«

»Pah, die doch nicht. Egal …«

Die Gruppe brach wieder in Gelächter aus, und eine Stimme sagte: »Frag Buddy.«

»Frag ihn wonach?« Buddy ließ sein Licht über die schmutzigen Gesichter gleiten; nur Fuller grinste ihn breit an.

»Hat Sally wieder mit der Hurerei angefangen?«, sagte er.

»Verdammter Idiot«, sagte Buddy, doch bevor er aufstehen konnte, hatte Estep seine beiden Ellbogen in Buddys eingehakt. Fuller lachte über seinen Versuch, hochzukommen. Curtis krabbelte zurück und packte Buddy am Kragen.

»Ich schätz, ihr habt jetzt genug Pause gemacht«, brüllte Curtis, und als die die Männer die Kohle aus dem Eimer in die Lore rasseln hörten, griffen sie nach ihren Schaufeln und stellten sich in einer Reihe auf.

Buddy machte sich locker und wehrte sich nicht mehr gegen Curtis und Estep. »Heute abend bei Tiny«, schrie er Fuller zu.

Fuller lachte.

»Halt die Klappe«, sagte Curtis. »Du und Estep, ihr arbeitet vorne am Abbaustoß.«

Estep ließ los, und sie krochen zum Kohlenstoß und griffen zu ihren kurzstieligen Schaufeln. Der Abbaustoß war bereits vier Fuß hoch, und beide Männer konnten ein Stück aus den Knien kommen, während sie funkelnde Brocken abschlugen, auf den Haufen fallen ließen und alles nach hinten zu den Kumpeln schoben.

»Ich wette, dieser ganze verdammte Berg ist ein einziges Flöz.«

»Ist mehr wert als zehn Mal Schweiß am Tag.«

»Bei Gott«, sagte Buddy, und während er weitergrub, fragte er sich, ob Geld Sally halten würde. Fuller fiel ihm ein, und er schlug härter auf den Abbaustoß ein und ließ Kohlesplitter durch die Luft fliegen.

Estep hörte auf zu schürfen und wischte sich mit seinem dreckigen Ärmel über ein Auge. Buddy ließ ein pfeifendes Husten hören und schlug auf die Kohle zu seinen Füßen.
»Hör auf mit dem Scheiß – mir fliegt das Zeug in die Augen.«

Buddy hörte auf zu schürfen. Esteps Stimme spülte seinen Ärger weg und ließ ihn klein und kalt im Glitzern des Kohlestoßes zurück, aber mutiger und besser als Estep oder Fuller.

»Tut mir leid, aber ich bin so sauer«, hustete er.

»Deine Stunde kommt heute Nacht. Komm schon – eins, zwei …«

Gemeinsam brachten sie die Reihe der Bergleute wieder in Schwung, machten ihnen Dampf unterm Hintern. Das Klirren der Spaten und das Schaben der Schaufeln kroch in ihre Muskeln, bis sie das Rumpeln der zurückkommenden Lore wieder langsamer werden ließ. Das Flöz wurde an der Stelle breiter, wo es eigentlich eine Verwerfung geben sollte, und sie kauerten sich auf die Erde und gruben sich zu der dünnen grauen Linie der Decke vor.

»Hol doch ein paar Pickel«, grinste Buddy.

»Nee, erst mal brauchen wir ein paar Stützbalken.«

Curtis schob sich durch die Reihe der Männer bis an den Abbaustoß. Seine Lampe war durch den Staub in auf- und absteigenden Linien sichtbar. Als er unten angekommen war, lehnten sich die Kumpel an die Seitenwände, um ihm Platz zu machen. Er hielt eine kleine Wasserwaage an die Decke und beobachtete, wie die Blase in Richtung des Abbaustoßes stieg.

»Feierabend, bis Montag«, sagte er. »Wir haben nicht genug Holzstämme für das hier.«

Während die Männer in Richtung der abgeräumten Kohle krochen, drang leises Lachen zurück durch die Miene zum Abbaustoß, und Buddy ließ sich auf den Bauch fallen, um ohne Eile nach draußen zu schlängeln. Sogar das langsame Kriechen erschwerte das Atmen, und er wartete neben der Schütte auf Estep und Curtis, während die kalte Luft seinen

Schweiß trocknete und seine Poren mit Dreck versiegelte. Die Kohlenlore wimmerte, aber unten im Tal konnte er das Bellen eines Hundes hören. Er ließ sich auf den harten Boden nieder und lehnte sich gegen die Schütte.

Von hier bis zum Hügelkamm erstreckten sich mehr als zwanzig Yards Heideland, auf dem die toten Stiele des Riedgrases im Wind hin und her trieben. Buddy malte sich aus, der Abraum würde innerhalb eines Monats weggeräumt, die Kohle in weniger als einem Jahr abgebaut werden. Er wusste, Sally würde nicht warten, war sich aber auch nicht sicher, ob er sie wollte.

Er erinnerte sich an eine Zeit, in der die Kosten für ihr Makeup und ihre schicke Kleidung seiner Mutter und seinen Schwestern zu anderen Lebensmitteln verholfen hätten als zu denjenigen, die der Staat in blassvioletten Tüten verteilte.

Estep kam heraus, und Buddy bot ihm einen Zug von seiner Kippe an, während sie zusahen, wie die Lore sich unter den Container schob und ihre Ladung hineinhievte.

»Verdammter Kran«, knurrte Estep in Richtung des Kranführers weit unten am Hügel.

»Der kriegt noch viel mehr zu tun – diese ganze verdammte Kohle.« Buddy blickte auf die Hügelkämme im Westen, wo die Sonne einen kalten Streifen Feuer an den Himmel zeichnete.

Curtis tauchte grinsend hinter ihnen auf. »Ich geh jetzt nach Hause und lass mich vollaufen.«

»Letztes Mal, als ich das gemacht hab«, sagte Estep, »hab ich ein neues Baby gekriegt. Ich muss den alten Verrückten hier bewachen, damit er nicht bei Tiny den ganzen Laden auseinandernimmt.«

»Genau da werde ich aber sein, das schwör ich euch«, sagte Buddy, als würde es dort noch immer etwas geben, woran man sich festhalten konnte.

»Aber lass genug von Fuller übrig, damit er am Montag noch in dieses Loch kriechen kann«, sagte Curtis und nahm seine Kappe ab. Buddy starrte auf die grauen Linien in seinem Haar, worin sich kein Kohlenstaub festgesetzt hatte.

»Ich verspreche nichts«, sagte Buddy, während er sich auf den Weg zur Straße machte.

»Ich hol dich um acht ab«, schrie ihm Estep hinterher und sah zu, wie Buddy vom Weg aus mit seiner Brotdose winkte.

Die Nacht stieg aus der Talsenke auf, und Buddy konnte, als er die staubige Zufahrtsstraße erreichte, die kalte Luft um sich herum spüren; sie brachte ihn zum Husten. Wolkenfetzen sammelten sich über der Senke, ein glühendes Rosa. Er bog auf die geteerte Straße ein, schlug beim Laufen seine Brotdose gegen ein Bein und erinnerte sich, wie er schon als Junge Fuller gehasst hatte, weil der ihn eine Bergziege genannt hatte. Nachdem er nun seit zwanzig Jahren in der Senke lebte, wusste er auch, warum Fuller ihn hasste.

Er lachte wieder beim Gedanken an die Kohle. Im Herbst würde er ein Auto haben und einen neuen Trailer, vielleicht sogar einen extra breiten. Er versuchte, sich Möglichkeiten auszudenken, wie man Curtis dazu bringen konnte, den Bergbau nach der alten Methode aufzugeben, und einen Moment lang dachte er daran, Sally zu fragen, mit ihm nach Cheylan zu kommen und die Trailer anzuschauen, aber dann fiel ihm ihr ganzes Gerede übers Abhauen ein.

Im Dämmerlicht konnte er die verlassene Kipphalde erkennen, wo sein Vater, nur zehn Tage, bevor sie zugemacht wurde, zerquetscht worden war; danach hatte man die Bergleute der Schwarzarbeit und den Behörden überlassen. Die Kipphalde knackte in der Kälte, da die Sonnenwärme aus ihr wich, und an einem Mast neben ihr brummte immer noch ein ungenutzter Transformator. Keine Kohle mehr, hatten die Ingenieure gesagt, aber Buddy hatte immer über Ingenieure gelacht – sogar in der Armee, wo er in einer Ingenieurkompanie gedient hatte.

Am Fuß der schwelenden Halde, wohin der Schieferabraum gekippt wurde, tauchte Esteps kleiner Junge auf, blieb stehen und blickte sich suchend um.

»Was machste da, Andy?«

»Steine«, sagte der Junge. »Da sind Bilder drauf.« Er reichte Buddy ein Stück Schiefer.

»Fossilien. Altes totes Zeug.«

»Ich sammle die.«

»Wofür willste das alte tote Zeug aufheben?«, sagte er und gab ihm das Schieferstück zurück.

Der Junge sah auf den Boden und zuckte mit den Schultern.

»Geh lieber mal nach Hause, hörst du?«, sagte Buddy und sah Andy nach, wie er auf der Nebenstraße verschwand und ihn mit dem Brummen des Transformators zurück ließ. Er fragte sich, warum der Junge so alt ausgesehen hatte.

Während er weiter die Straße hinaufging, konnte er hören, wie sich die Hunde zusammenrotteten. Die Hänge der Hügel warfen ihr Geheul zurück und trieben es über die leere Kipphalde. Die Wolken hatten sich verdichtet, und Buddy spürte die ersten leisen Tropfen eines feinen Nieselregens durch den Schmutz auf seinem Gesicht dringen. Als sich die

Bäume lichteten, sah er seinen Wohnwagen. Der Rost von den Schrauben hatte auf dem weißen Anstrich vom letzten Sommer bereits Streifen hinterlassen. Die Hunde befanden sich nur ein Stück weit oberhalb der Straße, und er fragte sich, ob sie Lindy, seine Jagdhündin, im Wohnwagen riechen konnten. Sally saß am Fenster, schaute hinaus, wartete. Aber er wusste: nicht auf ihn.

Lindy hob den Kopf zu Sally und wedelte mit dem Schwanz, als sie hörte, wie sich Buddys Schritte aus dem Schlafzimmer und dem Flur näherten. Sally entfernte sich vom Fenster und stellte die Teller an den Ofen.

»Estep kommt gegen acht«, sagte Buddy und runzelte beim Anblick der Steckrüben und Bohnen unter dem Topfdeckel die Stirn. »Kein Fleisch?«

Sally sagte nichts, sondern nahm ihren Teller, klatschte sich das Essen darauf und ließ ein Stück Speck für Buddy im Topf. Sie sah zu, wie er sich bediente und bemerkte, dass sie auf die schwarzen Staubflecken starrte, die sich in seinem Gesicht festgesetzt hatten. Ein Hund kläffte, und Sally ging zum Tisch. Sie konnte hören, wie sie unter dem Boden des Wagens herumschnüffelten.

»Die nerven mich gewaltig«, sagte sie, als Buddy sich setzte.

»Also, sie bleibt drin. Ich kann hier keine kleinen Köter gebrauchen.« Buddy matschte mit der Gabel im Fett herum, fischte das Stück Fleisch aus dem Brei und sah Sally beim Essen zu. »Es wird Geld reinkommen, Sal.«

»Fang nicht schon wieder damit an. Immer heißt es, es *wird*, aber dann gibt's doch nie welches.«

»Dieses Mal aber sicher. Estep und ich, wir haben heute an dem Zeug gearbeitet. Mit einem Bulldozer und einem Löffelbagger würde das richtig schnell gehen. Curt hat schon den Vertrag und so.«

»Ich dachte, diese Hügel hier gehören deinen Leuten.«

Er erinnerte sich, wie er bei einer Beerdigung in der Sonne stand – er wusste nicht mehr, bei welcher, aber der Geruch nach Vitalis[2], der von den Händen seines Vaters hochstieg, drehte ihm den Magen um, und seine neuen Schuhe drückten.

»Wir hatten noch nie so richtig was. Bleib da, Sal.«

Mit ihrer Gabel zog Sally langsam Kurven durch den Bohneneintopf und schüttelte den Kopf. »Nein, ich bin es leid, immer nur mit Gerede zu leben.«

»Das ist kein Gerede. Warum bist du so lange bei mir geblieben?«

»Gerede.«

»Und Liebe? Liebe ist kein Gerede.«

»Nuttengerede.«

Seine Hand sauste über den Tisch, traf ihren Kopf von der Seite, und sie wurde rot. Langsam stand sie auf, stellte ihren Teller ins Spülbecken und ging ins Schlafzimmer. Buddy hörte, wie sie den Fernseher anstellte, aber der Ton wurde immer leiser, so dass schließlich nur noch das Winseln der Hunde zu hören war. Er sah zu, wie das Essen auf seinem Teller kalt wurde und sich an den Rändern Fett absetzte.

Als er den Bourbon für seinen Kaffee holte, stellte er seinen Teller für die Hündin auf den Boden und ging ans Fenster. Das Licht der Straßenlaternen färbte die Augen der

---

2   Haarpflegemittel für Männer [Anm. der Übers.].

Rotte grün, während die Hunde ihre Runde um den Trailer zogen, sich miteinander verständigten und warteten. Er machte die Lampe aus und hielt nach dem Ding Ausschau, dem Sally immer hinterherstarrte, aber nur der hellgraue Himmel und die fast schwarze Schemen der Straße berührten die Talsenke.

Im Dunkeln tastete er nach seinem Jagdgewehr und seiner Taschenlampe, öffnete die Fensterschlitze und steckte sie hindurch. Der Lichtstrahl huschte über zwei kräftige Jagdhunde und fiel auf einen zottigen Spitz. Er feuerte ihm in die Augen, die wie Murmeln blinkten. Der Schuss pfiff durch die ausgetrockneten Bachbetten und Schluchten.

Die Hunde verzogen sich ins Unterholz jenseits der Straße und ließen den zuckenden Spitz im Hof liegen. Das Gejaule ließ Lindy im Trailer hin und her jagen. Aber als es aufhörte, legte sie sich auf die Couch und reagierte auf jede Bewegung von Buddy mit dem Schlagen ihres Schwanzes.

Der Schuss ließ Sally aus ihrem Halbschlaf auffahren, aber sie lehnte sich gleich wieder zurück und sah zu, wie das blaue Licht des Fernsehers über die Rostflecken in der zerlöcherten Decke wanderte, während die letzten Krümel des Kokains in ihren Kopf eindrangen. Sie streckte sich aus, hatte das Gefühl, in einem Ozean von blauem Licht zu schweben, der um ihren Körper plätscherte, und entspannte sich. Sie wusste, sie war hübscher als die Mädchen im Thunderball Club oder die Mädchen im Fernsehen, und viel, viel besser im Bett.

»Viiiiieeeel«, flüsterte sie wieder und wieder.

Buddys Silhouette zeichnete sich in der Tür ab. »Die kommen nicht wieder«, sagte er.

»Wer?« Sally setzte sich auf und ließ das Laken von ihrer Brust gleiten.

»Die Hunde.«

»Ach so.«

»Damit kannste kein Geld machen, Sal. Hier fliegt viel zu viel freier Stoff rum.«

»Ach ja? Und das ganze Geld, das du machen wirst, soll mich hier halten?«

Er drehte sich um zum Flur.

»Buddy«, sagte sie und hörte, wie er anhielt. »Komm schon.«

Als er die Schuhe abstreifte, fiel ihr die Krümmung seines Rückens mehr als sonst auf. Aber als er sich ihr zuwandte und sein Hemd aufknöpfte, schwoll ihm die Brust. Von der Stelle aus, wo er stand, vermischte sich das Flurlicht mit dem des Fernsehers und ließ ihre Augen weiß und pink aufblitzen, während sie unter den Deckenberg kroch, um ihm Platz zu machen.

Er kletterte hinein, seine kalten Hände streichelten ihre Hüften, und sie spürte das leichte Zittern seiner Muskeln. Mit einem Finger fuhr sie sein Rückgrat entlang, um ihn schaudern zu lassen.

»Wann gehst du?«

»Ziemlich bald«, sagte sie und zog ihn näher an sich.

Estep drückte erneut auf die Hupe, und Lindy tänzelte jaulend vor der Tür herum.

»Ich komm schon, verdammt«, murmelte Buddy und knöpfte sein Hemd zu.

Die Uhr auf dem Nachttisch zeigte zehn nach acht.

Sally schob ihr Kissen an das Kopfteil des Bettes und zündete sich noch eine Zigarette an. Während sie Buddy beim Anziehen zusah, biss sie die Zähne zusammen und klopfte Asche von ihrer Zigarettenspitze, bis das Feuer ausging. »Bis später«, sagte sie, als er Richtung Flur ging.

»Ja. Bis später«, antwortete er und passte auf, dass der Hund drinnen blieb, während er die Tür zumachte.

Draußen vermischte sich der Nebel mit Schnee, und der Spitz lag kalt im Hof, auf seinem Fell glänzten Wasserperlen. Buddy ließ ihn als Warnung an die Meute liegen und ging auf das Knacken von Esteps Motor und das leise Knarzen der Scheibenwischer zu. Bevor er die Tür öffnen konnte, fuhr ihm ein stechender Schmerz in die Brust, aber er kämpfte dagegen an, indem er die Luft anhielt und versuchte, ihn mit Hilfe des plärrenden Autoradios einfach zu vergessen.

»Wie steht's, du Irrer?«, sagte Estep, als Buddy hustend einstieg.

»Kannst du mir das mal bitte erklären – was glaubste, wofür Curt die Stützen braucht?«

»Um den verdammten Abbaustoß abzusichern, Blödmann.«

»Dieses verdammte Flöz ist doch auch nur ein Loch. Er ist ein Bergmann alter Schule. Er mag es, diesen ganzen ollen Scheiß zu machen.«

»Worauf willste hinaus?«

»Was meinst du, wie viele machen wohl mit, wenn ich am Montag etwas anzettele?«

»Buddy, ruf bloß keinen Streik aus. Ich hab Familie.«

»Sag schon, wie viele?«

»Die meisten«, sagte Estep. »Fuller vielleicht nicht.«

Buddy nickte. »Das würde ich auch sagen.«

»Du redest blödes Zeug. Curt ist ein Verwandter – du kannst nicht gegen einen Verwandten einen Streik ausrufen.«

»Ich mag Curt«, hustete Buddy. »Aber ich sag dir, es gibt eine einfachere Möglichkeit, an die Kohle zu kommen.«

»Wird nicht klappen, Buddy. So eine Sache bringt alle um ihre Jobs. Außerdem ist der Boden für nichts mehr zu gebrauchen, nachdem du ihn ausgeschlachtet hast.«

»Der Boden«, würgte er hervor, »der Boden ist sowieso zu nichts zu gebrauchen, und wir kommen so wieder zu Arbeit. Wir könnten jeden aus unserem Loch gebrauchen. Und aus Storm Creek. Und jeden aus diesem lächerlichen Johnson. Gleich und gerecht. Weißt du, wie viele das sein werden?«

»Schon nicht so viele, wenn die ganzen Kumpels mit drinhängen.«

»Versuch's mal mit fünfzig. Kommt das hin?« Er gab Estep einen Klaps auf den Arm. »Also, passt das?«

»Wo würden wir die Maschinen herkriegen?«

»Geld gegen Kohle aufnehmen. Curt hat den Vertrag – man muss ihm nur ein paar neue Ideen in den Kopf setzen, sonst nichts. Kannst du mir folgen?«

»Ich denke schon.«

Beim Fahren beobachteten sie, wie der Schnee auf die Scheinwerfer zutrieb und auf der Windscheibe schmolz, noch bevor ihn die Scheibenwischer erwischten. Durch die Bäume konnte Buddy die Kette von gelben Glühbirnen über der Tür und den Fenstern von Tinys Kneipe sehen.

»Johnson hat rausgekriegt, wer seine Kohle stiehlt«, sagte Estep und ließ den Wagen ausrollen. »Der alte Cox.«

»Woher weiß er das so sicher?«

»Er hat einen Haufen gemacht und eine Patrone drin versteckt. Und die dann mit Staub und Klebstoff abgedichtet.«

»Verdammt noch mal.«

»Ach was, die hat ihn überhaupt nicht verletzt. Hat ihm nur Angst gemacht«, sagte Estep und steuerte den Wagen zwischen den Schlaglöchern hindurch auf den Parkplatz.

Buddy öffnete die Beifahrertür. »Schlecht, wenn der Mann noch lebt«, murmelte er.

Im Tiny's nickte und winkte Buddy durch Rauch und Gelächter in der Kneipe Freunden zu, aber Fuller sah er nicht. Er fragte Tiny, aber der einohrige Mann zuckte nur die Schultern und füllte zwei Gläser Bier. Buddy zahlte und ging hinüber zum Billardtisch, legte sein 25-Cent-Stück neben die vier anderen und kam zurück, um mit Estep am Tresen herumzuhängen.

»Daneben«, quittierte Buddy brüllend einen von Johnsons Stößen.

»Selber daneben«, grinste Johnson. »Das geht schnell mit dem Geld.«

Fuller kam herein, ging zum Tresen und schüttelte den Kopf, als Tiny auf ihn zukam.

»Wird ja langsam mal Zeit, dass du hier auftauchst«, sagte Buddy.

»Sal ist da draußen. Will mit dir reden.«

»Was haste? Den Wagen voller Schlägertypen?«

»Schau selbst nach.« Fuller deutete Richtung Fenster. Sally saß mit Lindy auf dem Vordersitz von Fullers Auto. Buddy folgte Fuller nach draußen und machte Sally ein Zeichen, das Fenster herunterzukurbeln, aber sie öffnete die Tür und ließ Lindy hinaus.

»Jetzt passt du mal eine Weile auf sie auf.«

Fuller lachte und ließ den Wagen an.

Buddy beugte sich hinunter, um Lindy am Halsband zu fassen, aber sie blieb an seiner Seite. Er richtete sich wieder auf, blickte dem Wagen nach und sah seinen Fernseher auf dem Rücksitz hin und her wackeln.

»Komm schon«, sagte Estep hinter ihm. »Besaufen wir uns und spielen Poolbillard.«

»Nach dir«, sagte Buddy und führte den Hund in die Kneipe.

Buddy lag auf dem Teppich im Trailer, beim Atmen streifte eine Viskosefluse sein Nasenloch, und er versuchte sich zu erinnern, wie er dorthin gekommen war, aber Sallys Lächeln in seinem Kopf brachte ihn durcheinander. Er erinnerte sich, dass Estep ihn zurückgefahren hatte, dass er auf dem Parkplatz gestürzt war und dass er Fred Johnson verprügelt hatte, aber er wußte nicht, warum.

Er stand auf, schüttelte sich und schleppte sich den Flur entlang zum Badezimmer. Blut strömte aus seinem Kopf, und der Schock des Lichts färbte den Raum einen Moment lang dunkelrot. Er ließ Wasser aus der Dusche über seinen Kopf laufen, um den Schleier vor den Augen wegzubekommen. Als er in den Spiegel schaute, sah er die Abdrücke des Teppichmusters auf seiner Wange, das Gift, das unter seinen Augen hing. Er wollte sich übergeben, konnte aber nicht.

»Altes totes Zeug«, brummelte er und stieß einen trocknen Seufzer aus.

Auf der Kommode stand eine halbleere Flasche Cola mit Bourbon, und er kippte sie runter und wartete darauf, dass das Zeug drin blieb oder wieder hochkam. Als er sich an die Wand lehnte, fiel ihm der Hund ein, und er rief nach ihm, aber er kam nicht. Er blickte auf seine Uhr: Es war halb sechs.

Er ging ins Wohnzimmer und öffnete die Tür – der nasse Schnee draußen klumpte. Er rief nach Lindy, und sie kam hinter dem Trailer hervor und auf ihn zu, ein Jagdhund dicht hinter ihr. Er schloss die Tür, nachdem Lindy drin war, und setzte sich auf die Couch. Seine Hündin sprang hinauf und ließ sich neben ihm nieder. »Armes altes Mädchen«, sagte er und tätschelte ihre nasse Seite. »Jetzt hat's dich doch noch erwischt.« Seine Fingerknöchel waren aufgerissen, getrocknetes Blut blätterte ab, aber er verspürte kein Brennen.

»Sal ist weg, ja, das ist sie. Ja, das ist sie. Noch ein paar Monate, und dann zeigen wir's ihr, ja, das machen wir.« Er sah sich selbst schon in Charleston, im Club, und dann würde er Sally in seinem neuen Wagen mit nach Hause nehmen …

»Hungrig, altes Mädchen? Komm schon, du kriegst was.« In der Küche suchte er nach frischem Fleisch, um sie zu verwöhnen, weil er jedoch keines fand, öffnete er eine Dose Sardinen. Während er Lindy beim Fressen zusah, schenkte er sich einen Bourbon ein und lehnte sich, es ging ihm schon besser, an die Durchreiche. Sallys Teller stand im Spülbecken, überzogen mit einer Schicht Bohneneintopf, und einen Moment lang vermisste er sie. Er lachte über sich selbst: Er würde es ihr zeigen.

Lindy verkroch sich unter dem Tisch und würgte ihre Sardinen wieder hoch.

»Ich mach dir überhaupt keinen Vorwurf«, sagte er, aber bei dem Geruch von Sardinen und Speichel sah er sich selbst alles aufwischen, und er wusste, der Geruch würde nie vergehen. Es gab keinen Grund, warum er aufwischen sollte, keinen Grund, warum er kein Fleisch haben konnte oder alles andere, was er wollte. Er nahm sein Gewehr, das noch dort stand, wo er es gelassen hatte, und Lindy sprang bellend um seine Füße. »Nein«, brüllte er und hielt sie mit dem Zeigefinger an ihrem Halsband hoch, bis er die Tür geschlossen hatte.

Draußen fiel der Schnee jetzt stärker, die dicken nassen Flocken bildeten Muster in der Dunkelheit. Die Kletterei auf den Hügelkamm hinter dem Wohnwagen brachte seine Lungen zum Bluten, und er hielt an, um auszuspucken und Luft zu holen. Nachdem er sich ausgeruht hatte, ging er langsam weiter, und das Rascheln des Schnees auf den verwelkten Blättern begleitete ihn.

Im Unterholz in der Nähe des Wegs duckte sich ein Rotluchs und wartete mit angespannten Muskeln in Schnee und Nebel darauf, dass der Mann vorbeitrampelte. Mit ausgefahrenen Klauen bewegte er sich nur wenig zum Geräusch der Schritte, bis der Mann ein gutes Stück weiter gegangen und außer Sicht- und außer Hörweite war. Die Wildkatze bewegte sich den Weg hinab, hielt nur an, um an dem ausgespuckten Blut zu schnüffeln, das der Mann hinterlassen hatte.

Als er den Kamm erklommen hatte, fühlte Buddy, wie die Schmerzen von der Hitze im Trailer aus seinem Kopf wichen, und er stoppte unvermittelt an den Salzblöcken, die er im letzten Herbst ausgelegt hatte. Er hielt den Atem an, um etwas gegen das Keuchen zu tun, und als es aufhörte, setzte er sich auf einen alten Baumstumpf und sah zu, wie das erste schwache Licht am Himmel zu einem braunen Glühen wurde. Er lud sein Gewehr und sah eine schwache Fährte im Unterholz, eine Spur, die er trotz des trügerischen Lichts im Schnee erkannte. Aus der Senke drang das Gejaule von Hunden bis auf den Hügelkamm. Die Fährte führte nicht weiter.

Hinter ihm raschelte etwas in den Blättern, er drehte langsam den Kopf und hörte seine Nackenknochen knacken. Im bräunlichen Licht erkannte er die morschen Gerippe eines alten Holzschuppens, in dem er früher gespielt hatte, bevor sie das Land verkauft hatten und in die Senke gezogen waren. Etwas huschte daran vorbei, rannte vor ihm weg und den Kamm hinauf. Nach dem Bellen der Hunde unten zu schließen, musste es ein Fuchs sein.

Die Sonne hing zwischen den Wolken und Hügeln und brachte, als sie schnell höher stieg, den Schnee auf den Ästen zum Glitzern. Als er seinen Blick von der Sonne abwandte, wurden seinen Augen auf den kalten Schatten eines Rehs gelenkt, der sich vor dem gelben Streifen Sonnenlicht abzeichnete.

Er bewegte sich langsam, hob das Gewehr an sein Gesicht, zielte auf den Schatten, und bevor der Knall durch die Senke hallte, nahm er eine blitzschnelle Bewegung wahr. Er rannte zu der Stelle, wo das Reh gestanden hatte, aber da war kein Blut. Nur zehn Yards entfernt spürte er das Tier auf, es lag da. Es war eine Ricke, mit einer rosa Wunde in der Nähe der Schulter, aber ohne Blut.

Er arbeitete schnell, trennte die Sehnen an den Hinterbeinen durch, schnitt dann dem Reh die Kehle durch, und Blut tropfte in den Schnee. Als er jedoch das Messer den Bauch entlang führte, bewegte sich etwas im Inneren des Kadavers und drückte gegen die Messerspitze. Er schnitt weiter, und als die Einweide heraussackten, fiel ihm ein sich windender Klumpen vor die Füße.

Mit dem Fuß schleuderte er das ungeborene Rehkitz zur Seite, weidete das Reh aus, schnitt das hintere Viertel des Körpers ab und ließ den Rest des Kadavers für die Aasgeier liegen. Drei kleine Stücke Leber legte er zum Abkühlen neben sich in den Schnee.

Das warme Rehblut brannte auf seinen offenen Fingerknöcheln, und er rieb sie mit Schnee ab. Dabei fiel ihm ein, warum er Fred Johnson geschlagen hatte – weil er die Kohle des alten Cox präpariert hatte. Er fing an zu lachen. Er konnte sehen, wie der alte Cox sich vor Wut die Kehle wund schrie. »Verdammt«, lachte er und schüttelte den Kopf.

Er biss ein Stück von der kalten rohen Leber ab, und während er das saftige Fleisch zwischen den Zähnen spürte, beobachtete er den Todeskampf des Rehkitzes im dampfenden Schnee. Er konnte es nicht erwarten, morgen im Bergwerk etwas anzuzetteln, und er lachte, als er sich Curtis' Gesichtsausdruck vorstellte. »Streik«, murmelte er immer und immer wieder.

Auf einer Kuppe des Hügelkamms, wohin er sich vor den Hunden geflüchtet hatte, lauerte der Luchs und wartete, dass der Mann verschwand.

Ein Zimmer für die Ewigkeit

Weil Silvester ist, kriege ich das große Zimmer, das Acht-Dollar-Zimmer. Aber es kommt mir kleiner als früher vor, und während ich am Fenster sitze und auf den Regen und die Stadt schaue, fühle ich, wie das Warten wieder an mir nagt. Ich sollte nie in diesen kleinen Flußstädtchen aufkreuzen, bevor mein Kahn nicht eingelaufen ist – aber ich komme immer früh, warte, beobachte die Leute auf der Straße. Dort draußen flackern die Gaslampen violett, lassen ihr Licht vom Pflaster zurückwerfen, verändern alle Farben. Im Nieselregen gehen ein paar Leute vorbei, aber sie bleiben nicht stehen, um in die Schaufenster der billigen Läden zu blicken.

Hinter den Straßen sehe ich zwischen den Häusern hindurch immer wieder den Fluss auftauchen, und nebliger Regen überzieht die schwarzen Teile des Flusses mit einem matten Film. Aber auf dem Fluss ist immer alles gleich. Morgen beginnt ein weiterer Monat auf dem Fluss, dann wieder ein Monat an Land – nur die Geschichten, die wir erzählen, werden andere sein, werden sich um andere Zeiten und Namen drehen. Doch auf der *Delmar* wird dieselbe Mannschaft sein, dieselben Pflichten für achtzehn Stunden am Tag, und schon bald wird es keine Geschichten mehr geben. Für den Moment warte ich, schaue zu, wie der Wind den Regen gegen die Scheiben peitscht und das Glas trübt.

Ich drehe die Kochplatte hoch, um Kaffee zu machen, blättere durch die Zeitung, suche etwas, um mich zu beschäftigen, aber heute abend gibt es weder Wrestling noch Boxen, und selbst die Bowlingbahn ist an Silvester geschlossen. Ich könnte ja runter in eine Bar in der First Avenue gehen, mich mehr oder weniger volllaufen lassen, geht aber nicht, wenn ich ab morgen den Ratten auf dem Lastkahn zuschauen und an nassen Stahlkanten entlanggehen muss. Nein, ich bestelle lieber nur ein Pint, um mir rasch die nötige Bettschwere zu verschaffen. Ich verschwende lieber keinen Gedanken ans Ausgehen.

Ich stürze meinen Kaffee zu schnell hinunter, verbrenne mir den Mund. Nie geschieht irgend etwas so, wie es sollte. Ich glaube, das ist mein Problem mit Silvester – gut, so geht es immer los –, ich erinnere mich nur an die Parties in der Navy und daran, wie wir alle Register gezogen haben in dem Jahr, als wir auf Kurzarbeit waren, und so fühle ich mich beschissen, hier zu sitzen und an Parties zu denken und an die Arbeit und an das junge Jahr und an das alte. Ich will meinen Arsch hier rausbewegen – ich bin schon zu lange dabei.

Ich greife meine Jacke und meine Mütze, dann stelle ich mich vor die Tür und zünde eine Zigarette an. Im Korridor und im Treppenhaus brennt Licht, um die Huren und Penner fernzuhalten. Die Tür gegenüber geht auf, und die Transe guckt raus, zwinkert mir zu: »Frohes neues Jahr.« Der Typ macht leise die Tür wieder zu, und ich raste aus, trete gegen sie, beschmutze sie mit meinen Gummisohlen.

Ich höre die Transe drinnen über mich lachen, lachen, weil ich alleine bin. Die ganzen Treppen hinunter kann ich sein Lachen hören. Er hat recht: Ich brauche eine Frau – nicht so eine blöde Schlampe – ich brauche das stille Herumliegen danach, wovon eine Schlampe noch nie was gehört hat. Als ich die Hotelhalle betrete, die voller fetter Frauen und alter Männer ist, denke ich, dass das jetzt mein einziges Zuhause ist. Vielleicht habe ich dieses Zimmer für die Ewigkeit gekauft – vielleicht brauche ich nach heute Nacht nicht noch eine andere Schlafstelle.

Ich stehe unter dem Vordach, rauche, blicke zurück in die Halle auf das alte Gesindel. Ich denke daran, wie alt alle meine Pflegeeltern waren und dass die meisten von ihnen jetzt tot sind. Es ist schon besser, dass sie tot sind, sonst würde ich zurückgehen und sie besuchen und ihnen im Weg sein. Jetzt würde ich nicht mehr mit Geld von der Sozialhilfe kommen, und ich bin zu groß, um verdroschen zu werden.

Ich werfe meine Zigarette auf den Boden, sehe zu, wie sie den Rinnstein entlang zappelt und im Gully verschwindet. Wahrscheinlich wird sie noch vor der *Delmar* im Mississippi sein. Neun Monate in diesen Städten zu hocken, hat mich verrückt gemacht; auf Lastkähnen herumzuturnen und im Hochwasser Kattbalken zu sichern, hat mich mit den anderen Ratten schließlich hierhergebracht. Jetzt tut mir der Mund weh von dem heißen Kaffee, und ich habe nicht mal Lust, mich vollzutanken. Ich gehe die Straße lang, schaue die Leute vor und neben mir an und denke, dass sogar die Schlampen in ihren langen Mänteln aus Vinyl so hatschen, als hätten sie einen Ort zum Bleiben. Ich denke, mir geht es ganz schön schlecht, wenn diese ollen Kühe anfangen, gut auszusehen.

Ich laufe weiter, bis ich einen Penner sehe, eingeklemmt in einen schmalen Durchgang zwischen zwei Gebäuden. Sein Stoff wärmt ihn, er ist voll weggetreten. Ich bleibe stehen, um zuzusehen, wie dieser alte Suffkopf versucht, seine Zeitungen als Lager auszulegen, aber der Wind, der durch den Durchgang pfeift, weht sie immer wieder umher. So lustig – wie der Dreckskerl den Zeitungen hinterherjagt und seine alten Beine unter ihm fast zusammenklappen. Auf der Missionsstation lassen sie ihn in keinem Fall rein, weil er so dicht ist, also muss der blöde Penner heute Nacht seinen Zeitungen hinterherrennen. Ziemlich bald wird dieses ganze Herumgeturne dazu führen, dass er seinen Stoff rauskotzt, und ich bleibe stehen und grinse und warte, dass es passiert, mein Grinsen gefriert allerdings, als ich plötzlich sie in diesem Eingang stehen sehe.

Sie ist noch ein Girl – vierzehn, fünfzehn –, aber sie starrt mich an, als wüsste sie, was ich denke, worauf ich bei diesem alten Penner warte, und sie schaut mich unentwegt an, als wäre sie der Zorn Gottes oder so. Meine Augen schmerzen, weil ich sie aus dem Augenwinkel beobachte, während mein Gesicht zum Penner zeigt, aber trotzdem beobachte ich sie. Ich sehe sofort, das ist keine Schlampe. Von vorne sieht sie eher wie ein Kind aus, das mal ein Zuhause hatte – Jeans, ein richtiger Regenmantel, einen Plastikschal um den Kopf. Und sie ist viel zu jung für diese Stadt – das Gesetz wird so junge Hühner an diesem Ort nicht dulden. Ich denke, sie ist wahrscheinlich abgehauen, aber aus dieser Sorte schlau zu werden, ist echt schwierig. Ich gehe an ihr vorbei, beachte sie nicht, und verschwinde dann in einem Donut-Laden.

Prinz Albert sitzt an der Theke, führt Selbstgespräche und fährt sich mit rostroten Fingern durch seine Haare und seinen Bart. Seine Haut ist gelblich, weil er sein Hirn mit einer Vierzig-Volt-Anlage auf der *Cramer* weggebrannt hat. Er war ein guter Kabelträger, höre ich, aber jetzt ist er ein Sozialschmarotzer, und er ist dreckig und stinkt wie jede andere Schnapsnase auf der Straße.

Ich esse meinen fetten Donut, schlürfe Kaffee und schaue aus dem Fenster. Der Verkehr nimmt zu, die Parties fangen bald an. Das Girl geht vorbei, schaut durch die Ladenfront auf mich, als wüsste sie genau, wann ich zwischen zwei schlingernden Lastkähnen hindurchfalle. Mir ist das nicht geheuer, und ich lasse meinen Kaffee stehen und mache mich auf, um einen Whiskey zu holen und mich dann aufs Ohr zu hauen. Aber als ich nach draußen trete, ist sie schon ein gutes Stück die Straße runter und geht auf die Shanty-Bars auf der First Avenue zu. Der Regen macht heulende Geräusche und peitscht Ströme von Wasser über die Gehsteige. Ich folge ihr, bis sie in irgendeinen Eingang tritt. Meine Mütze ist durchweicht, und das Wasser läuft mir jetzt das Gesicht und den Nacken hinunter, aber ich gehe zu ihrem Eingang, stehe im Regen und schaue sie an.

»Du willst mich kaufen?«, sagt sie.

Ich stehe eine ganze Weile da und frage mich, ob sie nur ein Lockvogel ist. »Hast du ein Zimmer?«, sage ich.

Sie schüttelt den Kopf, blickt über die Straße, dann die Straße hinab und hinauf.

»Wir nehmen meins, aber ich will was zum Saufen.«

»In Ordnung, ich kenne einen Laden, wo es was zu kaufen gibt«, sagt sie.

»Ich kenne einen besseren.« Ein alter Trick, klar. Ich lasse mich doch von ihrem Zuhälter nicht abziehen. Mich nervt das – ich kann mir nicht vorstellen, dass ein Zuhälter kein Zimmer hat. Wenn sie alleine arbeitet, wird sie zwischen den Bullen und Zuhältern keine zwei Tage überleben.

Wir gehen weiter die Straße runter zu einem Laden. Es ist gut, jemanden zu haben, der neben einem geht, aber sie sieht zu ernst aus, als würde sie nur an das Finanzielle am Ende der Sache denken. Ich kaufe eine Flasche Jack Daniel's, versuche einen Witz. »Jack und ich sind schon lange Kumpels«, sage ich, aber sie tut so, als könne sie mich nicht hören.

Als wir das Foyer des Hotels betreten, hören zwei alte Männer auf zu reden und schauen uns an. Ich denke, wie scharf sie auf sie sein müssen, wie sie mich beneiden, und ich bin froh, dass diese Scheißkerle uns beachten. An meiner Tür lasse ich mir Zeit mit dem Aufschließen und hoffe, die Transe streckt ihren Kopf heraus, aber der Kerl ist unterwegs, um es sich besorgen zu lassen. Wir gehen hinein, und ich schnappe uns ein Handtuch zum Abtrocknen, mache Kaffee für den Whiskey.

»Hübsch hier«, sagt sie.

»Ja. Sie reinigen es regelmäßig.«

Zum ersten Mal lächelt sie, und ich denke, dass sie eigentlich losziehen müsste – zum Seilspringen oder so.

»Ich bin nicht sehr gut darin«, sagte sie. »Die ersten Typen haben mir ziemlich weh getan, darum habe ich jetzt immer etwas Angst.«

»Das liegt daran, dass du dafür nicht gemacht bist.«

»Nein, ich brauche nur ein Zuhause. Ich muss dieses Herumziehen lassen, weißt du?«

»Ja.« Im Fenster spiegeln wir uns wie Gespenster vor dem schwarzen Glanz des Glases. Sie legt ihren Arm um mich, und ich denke, dass wir beide das Finanzielle am Ende der Sache wohl nicht aus dem Kopf genommen haben.

»Warum bist du zu mir gekommen?«, fragt sie.

»Du hast mich so komisch angeschaut – als hättest du was Schreckliches gesehen, das mir passieren würde.«

Sie lacht. »Na ja, das nicht. Ich habe dich gecheckt.«

»Aha. Ich bin heute Nacht so nervös. Ich bin zweiter Maat auf einem Schlepper. Ziemlich gefährlich.«

»Was macht ein zweiter Maat?«

»Alles, was der Kapitän oder der erste Maat nicht tun wollen.Mit Leben hat das nicht viel zu tun.«

»Warum kündigst du dann nicht einfach?«

»Manche Sachen sind noch schlimmer. Kündigen ist keine Lösung.«

»Vielleicht nicht.«

Ihre Hand in meinem Nacken verleitet mich, über sie zu lächeln, sie zu mögen. »Warum hörst du nicht auf zu versuchen, so eine kleine Schlampe sein zu wollen? Du kannst das doch gar nicht. Du bist zu gut dafür.«

»Schön, dass du das denkst«, sagt sie.

Ich schaue sie an, denke, was sie sein könnte, wenn sie eine Auszeit nähme – oder zwei. Aber hier wird sie die nicht bekommen. Niemand hier bekommt eine Auszeit. Ich könnte ihr von meinen Pflegeeltern erzählen oder von den Tanten im Fürsorgeamt und davon, wie sie mich anschauten, wenn sie mich in einen Bus setzten, der in eine andere Stadt fuhr – doch das würde für sie keinen Sinn ergeben. Ich mache das Licht aus, und wir ziehen uns aus, gehen ins Bett.

Die Dunkelheit ist das Beste. Kein Gesicht, kein Gespräch, nur warme Haut, etwas Nahes und Freundliches, etwas, in dem man verloren ist. Aber als ich sie nehme, weiß ich, was ich da habe – den Körper eines kleinen Mädchens, der sich nicht bewegt, keine Lust hat, ein Kind, das Hure spielt, und ich fühle mich übel mit ihr, wegen ihr. Ich tue ihr Gewalt an, wie alle anderen auch. Ich weiß, ich tue ihr weh, aber sie wird nie eine Auszeit bekommen. Sie wimmert, und mein Körper krümmt sich in Krämpfen, danach windet sie sich wie eine Kugel von mir weg, und ich berühre sie. Sie ist starr.

»Du könntest diesen Monat hier bleiben«, sage ich. »Ich meine, wenn du willst, könnte ich die Miete bezahlen, und du könntest dir einen richtigen Job suchen und mir dann das Geld zurückzahlen.«

Sie liegt nur da.

»Vielleicht könntest du in der Stadt Arbeit bekommen, bei Sears oder Penny's?«

»Warum hältst du verdammt noch mal nicht die Klappe.« Sie steigt aus dem Bett. »Bezahl mich einfach, okay?«

Ich stehe auf, suche nach meiner Hose, hole einen Zwanziger raus und gebe ihn ihr. Sie schaut den Geldschein gar nicht an, sondern schnappt ihren Mantel, rennt aus der Tür.

Ich sitze auf dem Bett und zünde eine Zigarette an. Ich bekomme eine Gänsehaut, als ich daran denke, was diesem Mädchen passieren könnte; dann sage ich mir, dass das alles jetzt nur eine Zeit- und Geldverschwendung war. Ich erinnere mich an die High-School-Zeit, als ich Jane den Hof gemacht habe. Ihre Eltern hatten uns im Wohnzimmer allein gelassen, aber ihr Pudel besprang immer mein Bein. Da saßen wir und versuchten zu reden, und ihr Hund bumste einfach die ganze Zeit mein Bein. Ich denke, dass ich gerne ein Auto mieten und dorthin fahren und nach dem Hund sehen würde, aber so ist es immer – eine Zeit- und Geldverschwendung.

Ich schnippe meine Zigarette auf den Boden, lege mich auf das Bett, das Licht ist noch an, und denke an Prinz Albert mit den Donutkrümeln im Bart und den Kaffeeflecken auf dem Hemd. Ich denke, dass es gewiss zehn von seiner Sorte in jeder Stadt bis hinunter zum Delta gibt und dass die Chancen, so zu enden wie er, ziemlich gering sind. Etwas kann schief laufen und man erwischt das falsche Kabel, oder man mach eine falsche Bewegung auf der Schleuse. Aber wenn nichts schief läuft, dann ist man einen Monat an Bord, einen Monat an Land, und wenn man Glück hat, kann man so für den Rest des Lebens leben.

Ich ziehe mich an und gehe wieder hinaus. Es regnet immer noch, und auf dem kalten Pflaster schimmert neuer Frost. Zwischen den Gebäuden schlafen die Penner in dem Müll, den sie angehäuft haben, und ich denke an einen Spinner in Kalifornien, der den Alkis die Kehle durchschneidet, keine Ahnung, wie vielen schon. Die Penner sind wie Prinz Albert, sie haben kein Glück mehr, es geht mit ihnen bergab.

Ich biege in die First Avenue ein, gehe langsam an der Reihe brechend voller Kneipen vorbei, blicke durch die Scheiben auf all die glücklichen Leute, die sich für Silvester in Stimmung bringen. Und dann sehe ich sie an einem Tisch in der Nähe der Hintertür sitzen. Ich gehe hinein, setze mich auf einen Hocker an der Bar, bestelle einen Whiskey, unverdünnt. Die Rauchwolke ist dicht, aber ich sehe ihr Bild im Spiegel hinter der Bar. Daran, wie ihr Mund schlaff herunterhängt, sehe ich, dass sie ziemlich betrunken ist. Ich schätze, sie weiß nicht, dass sie sich nicht aus allem heraustrinken kann.

Ich schaue mich um. Alle diese Leute sind aus ihren Schlafkojen hergekommen, weil es für sie keine Parties gibt, auf die sie gehen könnten. Es sind Fremde, die ein bisschen Billard oder Flipper spielen, ein bisschen Alkohol trinken. Das ganze Jahr über beißen sie die Zähne zusammen – sie betanken Autos und kellnern, knallen Weiber und quälen Schwule, und nichts davon tun sie gerne, aber sie wissen, dass sie von Glück reden müssen, das zu haben.

Ich suche sie im Spiegel, aber sie ist gegangen. Ich hätte sie sehen müssen, wenn sie durch die Vordertür hinausgegangen wäre, also steuere ich auf die Hintertür zu, um sie zu suchen. Sie sitzt im Regen, an ein Gebäude gelehnt, ohnmächtig und kalt. Als ich sie schüttle, sehe ich, dass sie sich beide Handgelenke bis zu den Pulsadern aufgeschnitten hat, aber der kalte Regen hat das Blut zum Gerinnen gebracht, so dass nur ein bisschen heraussickert, als ich sie bewege. Ich gehe zurück nach drinnen.

»Da draußen hat ein Mädchen versucht, sich umzubringen.«

Vier Kerle an der Bar rennen zu ihr hinaus, tragen sie herein. Der Barkeeper greift nach dem Telefon. »Kennst du sie?«, fragt er mich.

Ich sage: »Nein. Bin nur zum Luftschnappen rausgegangen.« Ich gehe zur Tür raus.

Der Barkeeper brüllt: »He, Mann, die Bullen wollen dich sicher sprechen; he, Mann …«

Ich gehe die Avenue entlang und denke daran, wie Scheiße immer untergeht und wie alle diese Städte ihre Scheiße im

Fluß abladen, damit der sie bis zum Delta trägt. Dann denke ich an das Mädchen, das in der Gasse in ihrem eigenen Sumpf sitzt, und schüttle den Kopf. So tief bin ich nicht gesunken.

Ich bleibe vor der Bushaltestelle stehen, schaue auf die wartenden Leute und denke an alle die Orte, zu denen sie fahren. Aber ich weiß, dass sie nicht weglaufen können oder sich heraustrinken können oder sterben können, um ihr Ding loszuwerden. Es ist immer da, du schaust nur jemanden an, und schon kriegst du einen Blick der Marke Zorn Gottes. Ich biege ab zum Hafen, gehe hinunter, um nachzusehen, ob die *Delmar* vielleicht früher einläuft.

Fuchsjäger

Die verstreichende Herbstnacht hinterließ keine Spur auf
der ramponierten Asphaltdecke der Nebenstraße, die nach
Parkins führte. Grau sickerte das Licht über den Kamm der
östlichen Hügel jenseits der Senke und siebte blauen Dunst
durch das schwarze Innere der ineinander verflochtenen Ei-
chenzweige. Ein leiser Wind zitterte über das Land, und Pla-
tanenblätter raschelten über das Pflaster, wurden jedoch
von dem knallgrünen Knäuelgras an der Straßenböschung
aufgehalten.

Das Opossumweibchen lag still am Straßenrand. Es hatte
keine toten Nutztiere gefunden, in denen es sich eine Höhle
für den Winter hätte einrichten können; nicht einmal ein
schönes leeres Loch. Es schleppte sein Junges über die
Straße und in die Blätter, wo der lederne Kadaver eines anderen Opossums lag. Es hielt nicht einmal zum Schnüffeln
oder aus Sentimentalität an.

Das Klicken von Metall. Es blieb stehen. Feuer. Gespannt
vor Angst kauerte es sich auf den Boden und packte sein
Junges enger an seinen Pelz. Leises, unrhythmisches Pochen
brachte sein Blut in Wallung, und es machte sich noch flacher. Je näher der Tag und die Gefahr rückten, umso mehr

stieg die Angst in ihm hoch, während es sich vorsichtig ins Unterholz zurückzog. Aus seinem Versteck sah es, wie ein riesenhafter Feind über die Straße polterte, und ein rotes Glühen hüpfte hell durch den Rest seiner Nacht.

Bo hatte das Gefühl, dass dies die Königsstunde seines Tages sei – diese wenigen einsamen Momente, in denen der Rest der Welt entweder zu Bett geht oder noch nicht auf ist. Er war alleine. Er wusste um die Kraft des Alleinseins und fürchtete sich dennoch davor. Wie im Krebsgang breitete sich Unsicherheit in seinem Blut aus und machte ihn kraftlos. Bald darauf begann er ein Selbstgespräch und richtete das Licht näher auf die Straße vor sich.

»Kaffee, Bo«, sagte er zu sich selbst.

»Ja, und Lucy, die Tussi«, antwortete er.

»Und dadamdadamdadam.«

»Jawoll!« Er ging schneller und tat, als wäre er ein Zug.

»Dadam, dadam, dadam, dadam, huuuu.«

Das Opossumweibchen kauerte sich noch tiefer auf den Boden. Sein hilfloser, obschon geborener Sprössling klammerte sich an den Bauch der Mutter und stupste sie, weil er saugen wollte.

Bo ging wieder langsamer. Vielleicht war Lucy eine Hure, aber wie, zur Hölle, sollte er das herausbekommen? Er mochte es, wie sie sich über den Grill beugte und dabei Unterrock und Strumpfbänder sehen ließ und sich verhielt, als sei ihr das irgendwie peinlich, obwohl sie genau wusste, was los war. Er mochte es, wie sie ihren Kopf schief nach rechts legte, würdevoll nickte und die Brauen nachdenklich zusammenzog, während er über Städte redete, die er im Fernsehen gesehen hatte. Oder über seinen Vater, der so viel Grubengas eingesogen hatte, dass sie ihn in einem geschlossenen Sarg aufbahren mussten, weil er so blau wie eine Jeans war. Bo malte dann wortreich das unbekümmerte Leben aus, das er mit Lucy führen würde. Sie hörte zu. Hin und wieder gab sie Ratschläge. Einmal hatte er den Plan, nach New York abzuhauen und aufs College zu gehen. Einfach alles hinschmeißen, seine Mutter verlassen und aufs College nach New York gehen. Er hatte sich blöd gefühlt und sich geschämt, als Lucy ihm sagte, er solle erst mal die High School beenden. Nach solchen Vorfällen verließ er den Diner, überzeugt, dass Lucy eine Hure sei.

Hinter sich auf der Straße hörte er Enochs Laster angerumpelt kommen. Instinktiv sprang er über die Böschung, schlüpfte ins Unterholz und ging in die Hocke. Aus dem Unterholz kam ein Fauchen. Bo drehte sich um und erblickte neben sich im Nebel ein grau-weißes Etwas, das aussah wie eine Riesenratte mit Augenbrauen. Sie starrten sich an, keiner wollte etwas vom anderen – das Opossum war starr vor Angst und konnte sich nicht entscheiden, ob es sich totstellen oder fliehen sollte. Bo kauerte sich ganz tief, die Scheinwerfer kamen näher. Bis Parkins waren es nur noch zwei Meilen, aber wenn Enoch ihn jetzt sähe, würde er anhalten; und Bo wäre in der Werkstatt dann wieder eine Woche lang der »dumme Junge«, weil er lieber lief, als mit dem Chef mitzufahren.

Der Lastwagen ratterte vorbei. Seine rosafarbene Abschleppausrüstung baumelte hin und her, ein ungleichmäßiges Pendel aus Seilrolle, Haken, Kabel und Tau.

Bo öffnete den Reißverschluss seiner Hose und pisste, beobachtet von den starren Augen des Opossums. Dampf stieg aus der Pfütze auf und vermischte sich mit dem blauen

Dunst des Nebels. Bo fror. Dann watete er durch die Blätter die Böschung hinauf.

Als er durch das Knäuelgras am oberen Rand der Böschung stapfte, war wieder ein Lastwagen zu hören, ein Stück jetzt die Straße hinauf, und Bo bekämpfte den Drang, den Abhang wieder hinunterzurutschen. Er konnte nicht erklären, warum er laufen wollte, und er war sich auch nicht einmal sicher, dass er noch laufen wollte. Müde trat er auf die Straße und machte ein paar Schritte, bis die Scheinwerfer seinen Weg erhellten und den Dampf über dem Asphalt sichtbar machten. Unter Bos Füßen spritzten lauter kleine Gespenster auf.

Hinter ihm donnerte der Lastwagen und ließ dreimal ein grelles Jaulen hören, das durch die morgendlichen Geister der Straße drang. Bo wartete darauf, dass der Lastwagen anhielt. Als er das tat, rief eine Stimme: »Steig ein oder hau ab.«

Bo fuhr herum, um den Fahrer zu sehen, blieb aber mit seines Augen an dem grellen Weiß der Scheinwerfer hängen. »Bill?«, war das Einzige, was er sagen konnte, als das Licht in seinen Augen rote und violette Punkte auftauchen ließ.

»Verdammt, ja. Biste blind?«

Bo blickte auf die grauen Hügel, um seine Augen von den Scheinwerfern wegzubekommen, und erinnerte sich langsam an jedes Detail von Lucys Körper, der sich in seinem Gehirn in lauter Einzelheiten zerlegte. Haare auf der Brust. Um Gottes willen, wie lange hatte er wie ein Idiot im Lichtkegel gestanden? Bill würde allen erzählen, dass Bo Holly sie nicht mehr alle hatte. Er tastete sich vor zum Wagen und rieb sich mit den Händen die roten Punkte in den Augen.

»Steig ein«, sagte Bill, während er Bo so gründlich musterte, wie er mal ein zweiköpfiges Kalb um jeden Kopf herum nach Stichen abgesucht hatte. Bo seufzte leise, als er in die Fahrerkabine kletterte, und Bill platzte mit der Frage heraus: »Biste krank?«

»Nur noch nicht ganz wach«, log Bo. Er hielt sich für einen Profi im Lügen, und wenn er einmal anfing, konnte er nicht mehr aufhören. »Mutter hat verschlafen. Hat mich geweckt und ohne Kaffee und nur halb angezogen losgeschickt. Hat gesagt, ich käme zu spät zur Arbeit. Wieviel Uhr ist es, Bill?« Fragen und komplexe Sätze waren der große Schutzschild der Lügner, hatte Bo gelernt. Bill sah auf seine Armbanduhr, dann grinste er höhnisch zum Himmel, als wäre *The Black Draught Almanac* zwei Tage hinterher mit seiner Vorhersage zum Sonnenaufgang.

»Zehn nach sieben«, knurrte er und schlug seine Hand gegen das Lenkrad.

»Scheiße«, brüllte Bo und sah, wie Bill sich bewegte. »Aber vielleicht ist Enoch noch nicht da. Er ist immer zu spät. Kam am letzten Samstag nicht vor elf rein.«

»Das geht mich nichts an«, schnauzte Bill ihn an. »Bei Gott, ich hab schon genug mit meinem eigenen Zeug zu tun.« Aber Bo wusste, dass Bill sich erinnerte, wie man sich an jedes Geschwätz erinnert, das man einer gelangweilten Hausfrau zum Geschenk macht.

»Ich hab mit Larry geredet, oben in der Union Hall«, versuchte ihn Bill zu provozieren, »und er sagt, dein Lieblingssong wäre dieses verfickte ›Rockin' River‹.«

»›Rollin' on the River‹?« Eine Rückfrage kann ja nicht schaden, dachte er, außerdem heißt der Song ›Proud Mary‹.

»Blöder Song, Bo. Das solltest du wissen.«

Bo sagte nichts.

»Hört sich an, als wär das eine Stadt am Fluss. Wir haben keinen Fluss in Parkins.«

»Wir haben doch den Elk in Upshur. Achtung, Schlagloch.« Der Lastwagen holperte zweimal. »Ich vermute mal, das ist so groß wie die Straße.« Bill musste scharf nachdenken, wo er eben aufgehört hatte. Elk?

»Über den Elk kann man kein Lied machen«, meckerte er lachend. »Also, Merle Haggard, der kann dir erzählen …«

»Was ist los mit dir, Bill? Bist du nicht stolz, aus West Virginia zu sein?«

»Klar doch, verdammt noch mal, aber so ein Song ist doch für jeden, überall. Du hörst einfach keine gute Musik, was?«

Bo lehnte sich in seinem Sitz zurück, streckte die Füße unter die Heizung, und als sie warm genug waren, um sich kalt anzufühlen, entschied er, warum er Lucy mochte: Sie war eine aufrichtige Person.

In der Stille taute das Opossum wieder auf, schlüpfte vorsichtig die Böschung hinauf und spürte der Angst nach, die so nah gewesen war. In den Platanenblättern und dem nassen Knäuelgras hielt es an, huschte dann über den Asphalt und zurück in den Wald, von wo es gekommen war. Es war fast Morgen.

Als Bills Laster die letzte Anhöhe nach Parkins nahm, hatte die Sonne gerade damit begonnen, von den westlichen Hängen abzuprallen, und die östlichen Hügel warfen einen grauen Schatten über die Stadt. Anhand der Positionen der gelben Lichtervierecke in den Häusern konnte Bo von dieser Anhöhe aus sehen, wer schon aufgestanden war und wer noch nicht. Lucy war in der Küche ihrer Pension, ihre Mieter in den Badezimmern. Die beiden Duncan-Schwestern, die nichts taten, standen früh auf, um mit ihrem Nichtstun weiterzumachen. Sie verbreiteten Klatsch über ihre Nachbarn, vor allem über Lucy. Die ignorierte sie. Bo aber glaubte, sie mochte es, dass über sie geredet wurde.

Brownie Ross machte gerade seinen Gemischtwarenladen nahe der Eisenbahn auf; er drehte das Licht an, kurbelte die Rollläden hoch und schaufelte Kohle in den Ofen. Bo fragte sich, warum Brownie so früh aufmachte – und Enoch auch. Brownie verkaufte vor Mittag nie etwas Größeres als eine Tüte Nägel zu fünfundzwanzig Cent, und wenn dein Auto liegenblieb, musstest du bis Parkins laufen, um ein Telefon zu finden.

Bill arbeitete für die Eisenbahn – als Bahnhofsvorsteher –, und Lucy beherbergte die paar Männer, die in der wieder eröffneten Zeche gebraucht wurden, weshalb beide um sechs auf den Beinen sein mussten. Enoch öffnete so früh, weil Brownie das tat, und Brownie war einfach alt. In Parkins glich ein Morgen dem anderen.

»Lass mich einfach bei der Pension raus, Bill. Ich will noch einen Kaffee.«

»Das geht *mich* gar nichts an«, schnauzte Bill, als der Laster neben dem »Autoreparaturen«-Schild mit dem lachenden gelben Bären zum Stehen kam. Als er draußen war, drehte Bo sich um und wollte sich beim Fahrer bedanken, aber der schleuderte ihm ein »und *dich* auch nicht« entgegen. Der Laster machte einen Satz nach vorne, und die Tür fiel durch den Ruck zu. Bo ging zum Fenster der Werkstatttür und spähte hinein: Das gelbe Nachtlicht brannte, auf der Werkbank lagen noch immer Werkzeug und Teile vom vorherigen Abend verstreut herum. Der grüne Dodge war nicht da.

Muss ja was richtig gemacht haben, dachte er, sie haben ihn weggefahren.

Auch Enoch und der Abschleppwagen waren nicht zu sehen. Bills Prophezeiung traf ins Schwarze: Enoch machte wieder seine Mätzchen, aber nur die Männer sollten es wissen. »Nicht einmal die Engel im Himmel kennen die Stunde seines Kommens.« Bo lachte, als er in den beklemmenden Geruch von rotem Lehm, Fett und Benzin trat. Er rückte die Werkbank zurecht, wusch sie ab, schloss wieder zu und machte sich auf zu Lucy.

Die Pension war hässlich. Drei Stockwerke hoch ragte das Haus über dem flachen Talkessel auf, schlicht und massig wie die großen Felsblöcke, die Bo in einem Western im Fernsehen gesehen hatte. Geräusche drangen durch die Wände: schlecht funktionierende Abwasserleitungen, Streit von Pensionsgästen und anderes mehr. Auf der Rückseite des Hauses war ein Anbau in einen kleinen Diner verwandelt worden.

Drinnen nahm Bo Frühstücksgerüche war. Zehn Bergleute aßen gerade, und Lucy packte deren Mittagessen in Henkelmänner. Bo stolzierte zur Jukebox, haute in Erinnerung an Bill trotzig auf die F 6 und schlenderte zum Tresen. Aber niemand hatte ihm zugesehen – was er schon erwartet hätte. Ike Turners Bass gab den Rhythmus vor; Tinas Flüsterstimme fiel ein.

Lucy fragte Bo betont kühl, ob er einen Kaffee wolle. Er antwortete nicht, bekam aber trotzdem seinen Kaffee. Die Bergleute zogen ab, und die Vorarbeiter kamen herein. Anders als ihre Männer, die sich flüsternd über Arbeits- und

Sicherheitsgeheimnisse unterhielten, aßen die Vorgesetzten jeder für sich und schweigend.

Bo beobachtete sie aus der Entfernung. Er fragte sich, warum er sich mit den Menschen nicht gemein machen konnte, indem er ihre Musik, ihre Kartenspiele, ihre Fuchsjagd tolerierte, er wusste nur, wie er sich die Leute mit einer Schicht Gleichgültigkeit vom Hals hielt.

Als die Vorarbeiter gegangen waren, füllte Lucy Bos Tasse nach. Von zu vielen Tönungen war ihr Haar jetzt rot wie ein rostiger Stahlwolleschwamm. Sie hatte eine Spur grünes Makeup auf die Augen aufgetragen, und ihre Haut hatte die Konsistenz und Farbe von Giftpilzen. An jeder Hand trug sie einen diamantenen Verlobungsring. Ich wette, die kriegt man noch ab, dachte Bo.

»Wie läuft's, Bo?« Sie meinte das ernst, und das machte sie attraktiv.

»Bin mir nicht wirklich im Klaren, Lucy. Gelangweilt, nehm ich mal an.«

»Probier morgen mal einen anderen Song aus.«

»Morgen ist Sonntag. Und meine Songs langweilen mich überhaupt nicht.«

»Wie alt bist du noch mal?«

»Sechzehn, seit dem letzten Geburtstag.«

»Es hat sechzehn Jahre gedauert, bis dir langweilig wurde?«

»Es hat so lange gedauert, um endlich zu wirken.«

Lucy lachte. Bo beobachtete, wie sich ihr Gesicht verzog, fragte sich, ob sie mit ihm oder über ihn lachte, kapierte, dass das der Grund dafür war, weshalb die anderen Männer sie eine Hure nannten, und lächelte.

»Du siehst verteufelt niedergeschlagen aus. Nagt was an dir? Ist deine Mutter krank oder so?«

»Keiner will mit mir reden, Lucy.«

»Hör auf in deinen Kaffee zu heulen. Du bist noch zu jung, um ein flennender Säufer zu sein.«

»Na ja, aber es stimmt doch.«

»Hast du ein Mädchen?«

»Ich hatte eins diesen Sommer. Ihr Vater ist nach Logan umgezogen. Wir haben uns geschrieben, aber seit die Schule wieder angefangen hat, habe ich praktisch nichts mehr von ihr gehört.«

Lucy erinnerte sich an ihre jungen Jahre. »Du bist in Ordnung. Das Erwachsenwerden tut eben weh.«

»Ich vermute, es liegt nur daran, weil ich nichts zu sagen habe, wofür sich das Zuhören lohnt.«

»Bo, das Zuhören ist für den Zuhörer wichtiger.«

Er nahm sich vor, später über den Sinn nachzudenken; er suchte ein neues Gesprächsthema, aber Lucy war zu schnell.

»Bisschen einsam, was?«

»Ja.«

»Muss ja schlimm sein, wenn dein bester Gesprächspartner eine Hure ist.«

Bo ließ den Kopf hängen und wartete darauf, dass ihm die Decke auf den Kopf fiel. Als das nicht geschah, versuchte er, Lucy zu widersprechen.

»Du bist keine«, sagte er und machte ein so ernstes Gesicht wie möglich, ohne dabei blöd auszusehen.

Lucy suchte nach einer Beschäftigung für ihre Hände und brauchte zehn Sekunden, um den Grill auszumachen und einen Tropfen Kaffee aufzuwischen. »Ich finde es schön …, dass du das sagst. Du bist der einzige, der daran glaubt.

Könnte ziemlich gut für dich sein. Könnte gefährlich sein. Zieh bloß nicht los und rede darüber, hörst du?«

Bo zuckte die Achseln. »Klar, Lucy«, sagte er und zog sich hinter seine Kruste aus Gleichgültigkeit und zu seinem Kaffee zurück. Er beobachtete, wie sie die Tische der Vorarbeiter abwischte und dabei jedesmal, wenn sie sich vorbeugte, ein Stück Strumpfband sehen ließ. Er fuhr mit dem Finger auf dem Rand der leeren Tasse entlang.

»Wie wär's mit noch einem, Lucy?«, fragte er, als sie sich weit über einen Tisch lehnte, um die Ecke zu erwischen. Sie lächelte vage und etwas schläfrig, während sie ihren Rock auf die Hüften zog.

»Klar, Bo«, sagte sie, ging die Kanne hinter dem Tresen holen und setzte hinzu, während sie eingoss: »Ist doch längst Arbeitszeit. Wenn die Katze aus dem Haus ist …«

»Die Katze spielt ihr eigenes Spiel.«

»Was?«

Bo reichte Lucy ein Zehncentstück und legte dann einen Vierteldollar unter die Untertasse. Niemand gab Lucy ein Trinkgeld, weswegen Bo sich dazu verpflichtet fühlte. Das Trinkgeld war ein Spiel zwischen ihnen, ein Geheimnis. Für 35 Cents konnte Bo so viel Kaffee trinken, wie er wollte.

Als er vom Hocker rutschte, fragte Lucy: »Warum die Eile? Keine Lust mehr zum Reden?«

»Ich muss mich mal durch den Stapel mit dem alten Kram wühlen. Teile für meinen Wagen suchen. Ich werde von hier abhauen, und zwar mit Volldampf.«

»Nimm mich mit.«

»Klar«, sagte er zum Spaß und trat hinaus in den Morgenschatten, der über den Boden kroch.

Es war fast neun, als Enoch auftauchte. Bo lag auf einem Rollbrett unter Beck Fullers Pontiac, schabte Dreck aus dem Kurbelgehäuse und fuhr mit einem öligen Lappen um die Schmiernippel, um Lehmplacken zu entfernen.

»Wäre auf der Hebebühne verdammt einfacher«, grummelte Enoch. Bo fiel nicht darauf rein. Es war ihm verboten, die Hebebühne zu benutzen.

Er rutschte mit dem Rollbrett ins Licht, schob seine Schweißermütze zurück und schaute Enoch genau an. Alles an diesem Mann war verrutscht, wurde kaum noch zusammengehalten. Seine Kinnlade hing schlaff herunter und zog die Haut über seinen kurzgeschorenen Schädel straff. Sein Bauch zog ebenfalls abwärts, gegen alle Kraft, die noch in den Schultern geblieben sein mochte. Und alles lief in seiner khakifarbenen Hose zusammen und führte dazu, dass diese in kleinen Bündeln auf seine Füße hing.

»Mach dir keine Sorgen um die Arbeit. Hab mich den ganzen Morgen um das hier gekümmert. Was hast du getrieben?«

Enoch zündete sich eine Zigarette an. »Trümmer von einem Auto untersucht. Dawn Reen und Anne Davis sind bei der French Creek Church von der Straße abgekommen. Der Wagen ist in den Bach gerollt. Hab sie da heut morgen tot gefunden.« Er lächelte Bo an, aber Bo lächelte nicht zurück. »Waren die nicht in deinem Alter?«, zischte er.

Bo stand auf und bürstete seine Jeans aus. »Gott, ja. Ich geh mit ihnen zur Schule. Betrunken?«

»Weiß ich noch nicht. Sie waren voller Wasser. Ganz verschrumpelt, wie Rosinen.

Mann, ihr Wagen war eine Impala. Ich habe ihn bis zu mir nach Hause gezogen, bis die Bullen dann damit fertig waren.

Ich verkauf dir Teile davon wirklich billig. Er ist nicht der gleiche Jahrgang wie deiner, aber du könntest …«

»Nein danke.« Bos Magen zog sich zusammen, seine Nase, seine Ohren und seine Hände fühlten sich kalt an. Enoch legte verwundert den Kopf schief, nahm noch einen Zug von seiner Zigarette und wandte sich ab.

»Du bist verrückt«, sagte er und drehte sich wieder um. »Du spinnst einfach. *Sie – sind – tot.* Verstanden? Die brauchen kein Auto mehr.« Er drehte sich wieder weg, um den aufsteigenden Ärger abzuwehren. Bo zeichnete mit dem Finger ein Strichmännchen in den Staub auf dem Pontiac und wischte es dann wieder weg. Der predigt gleich weiter, dachte er.

»Ich komme hier heute morgen hin, um den Dodge von diesem Bergarbeiter rauszuholen«, sagte Enoch. »Überall lag Werkzeug herum. Du warst nirgendwo zu sehen. Verschlafen? Schläfst ja mehr, als du arbeitest. Schleichst dich hier rein, um aufzuräumen, während ich unten beim Bahnhof bin. Hast wohl gedacht, Bill würde mir schon nicht erzählen, dass du bei dieser Hure warst?«

»Sie ist keine«, flüsterte Bo und sah sich nach etwas um, was er auf Enoch schleudern könnte.

»Ist sie nicht, wa? Na ja, was glaubst du, wie sie die Pension wohl bekommen hat? Bartram hat sie ihr nicht geschenkt – sie hat ihn erpresst, genauso, wie sie es mit den anderen Typen in Charleston gemacht hat. Lass die Finger von ihr, Bo, sie wird dich ruinieren.«

»Sag mir nicht, was ich machen soll«, brüllte Bo.

»Ich muss schauen, dass meinen Interessen nicht geschadet wird. Du arbeitest für mich, also bleibst du von dem Haus weg.«

»Ich kündige!«, brüllte er so laut, dass ihm die Kehle weh-
tat. Um Eindruck zu machen, schleuderte er seinen Lumpen
in das Ölfass und setzte hinzu: »Ich weiß genug über dich,
um ohne Arbeiten meinen Lebensunterhalt zu verdienen.«
Als er schon halb aus der Tür war, machte ihm die Lüge
Angst; er wollte zurückgehen, alle Schuld auf Lucy schieben
und sich die Möglichkeit offenhalten, dann für immer zu
gehen. Du hast es versaut, flüsterte etwas in ihm, aber der
Stolz wies ihm den Weg hinaus.

Drinnen machte Enoch sich Sorgen. Bo log wahrscheinlich. Aber was, wenn er alles über ihn und die Jungs und
Dawn wusste? Er blickte die Straße hoch, aber Bo lief zu
schnell, um ihn zu Fuß einzuholen. Enoch schmiss den Abschleppwagen an und raste die Straße hoch.

Als der Abschleppwagen neben ihm hielt, biss Bo auf seine
Zähne und schwieg. Er sah Enoch an, und die schlaffe Kinnlade sagte: »Steig ein, Bo, wir müssen reden.« Nachdem er
Bo drinnen hatte, ließ Enoch das Thema Erpressung ruhen,
machte aber mit seinem Sermon weiter: »Ich kannte deinen
Vater. Drum habe ich dir diesen Job gegeben. Du bist ein
guter Mechaniker, aber du hast bewiesen, dass du kein
Mann bist. Du hast mich im Stich gelassen. Ich habe ver-
sucht, gut zu dir zu sein. Lass dich mein Werkzeug für dei-
nen Wagen benutzen, hab dir sogar beigebracht, wie man
Mechaniker wird … aber ich kann dir nicht beibringen, ein
Mann zu sein.«

»Versuch einfach, mich wie einen zu behandeln«, fauchte
Bo.

»In Ordnung. Du willst arbeiten? Dein Vater würde nicht
wollen, dass ich dich weiter lasse, nachdem du dich so ver-

halten hast. Es tut mir leid, sein Andenken nicht in Ehren zu halten, aber ich lasse dich zurückkommen.«

Bo sah hinaus auf die mit Bartgras bewachsenen Hänge. Er hätte schwören können, dass der Geist seines Vaters geantwortet hätte: »Ach was«.

»Also schön«, sagte Enoch. »Heute Nacht gehen wird auf die Fuchsjagd. Denke, dein Vater würde dich inzwischen auch mitnehmen.«

Bo hasste Fuchsjagden, nickte und lächelte aber. Er wollte seinen Job; er musste Einsatz zeigen.

Als er mit der Wartung an Becks Wagen fertig war, wusch Bo sich die Hände, zündete eine Zigarette an und wartete darauf, dass sich Hunger regte. Enoch hatte gesagt, er würde zurückkommen, aber Bo war froh, allein zu sein.

Dawn und Anne waren tot. Er ließ Erinnerungen an sie aus seinem Gedächtnis aufwallen. Dawn war eingebildet und beliebt. Sie war dumm, aber schlau genug, sich schlau zu geben. Bo respektierte sie und sprach mit ihr. Anne war so zierlich gebaut, dass sie immer weiße Blusen trug, damit Beobachter sahen, dass sie einen BH anhatte und damit etwas, das der zu halten hatte. Ihr einziger Freund war Dawn, und schön waren einzig ihre Augen. Kein Mann würde je unter ihrem Pantoffel stehen, dachte Bo, aber das war vielleicht auch gut so. Dawn stänkerte ziemlich viel gegen ihn, nicht immer so, dass er es merkte, aber doch genug, damit er sich wunderte, was sie gemeint hatte.

Bo lehnte seinen Kopf gegen das rote Batterieladegerät und schloss die Augen in Erinnerung an Dawn, während das Bild einer lächelnden Lucy durch sein Bewusstsein geisterte.

Er sah ein schindelgedecktes Haus, silbern gegerbt von der Witterung, das jetzt in der Sonne glitzerte. Er fühlte, wie ihm die Sonne in den Kopf drang, und ihre Kraft, die er so liebte, brachte ihn dazu, den kühlen Schatten des Hauses zu suchen. Er nahm eine Bewegung wahr, erst auf den moosgrünen Sandsteintreppen, dann über den von Rillen durchzogenen Boden des Vorbaus hinweg und durch die Windfangtür. In der kühlen Feuchtigkeit des mit Linoleum ausgelegten Wohnzimmers stand seine Kusine Sally. Ihr Haar klebte in strähnigen Ponyfransen auf der Stirn, der Rest war locker nach hinten gesteckt. Feine Dreckspuren liefen wie verschwitzte Halsreifen um ihre Kehle, aber sie sah kalt und distanziert aus, als sie sich auf ihn zu bewegte und seine Hand nahm. »Ich liebe dich nicht«, sagte er boshaft. Rasch verwandelten sich die Bilder in fleischige Farbtöne, und er erwachte.

Der Traum hatte ihn erregt. Er suchte nach einem Grund für den Traum. Vielleicht, dachte er, habe ich mir das nur ausgedacht. Vielleicht ist es passiert.

Der Hunger trieb ihn dazu, Enochs Gebot zu missachten, und er rannte schnell hinüber zum Diner. Die Tür war verschlossen. Also schleppte er sich zu Brownies Laden, wo er Käse, Kräcker, ein Stück Schweineschwarte und zwei Orangensäfte erstand.

»Dollar vierzehn«. Bo reichte dem alten Mann das Geld und griff nach dem Käse und dem Orangensaft. »Iss das nicht hier drinnen«, setzte Brownie hinzu und packte den Lunch in eine Tüte.

Bo hockte sich vor der Garage in die kalte Sonne und aß. Er beobachtete die Duncan-Schwestern, die am Fenster saßen und ihn aus ihren Spatzenaugen anstarrten. Als er den letzten Rest Orangensaft hinunterkippte, spürte er, wie etwas Boshaftes von ihm Besitz ergriff. Er schmiss die leere Flasche auf das Haus der Duncans und grinste, als er sah, wie sie sich hinter die Vorhänge zurückzogen.

Enoch kam um zwanzig nach zwei zurück und fand Bo schlafend, an das Batterieladegerät gelehnt. Cuffy hatte vorgeschlagen, Bo die Kehle durchzuschneiden, und jetzt war der Augenblick gekommen, aber Cuffy war nicht da, und Enoch war kein Kehlendurchschneider.

»Wach auf, Bo, verdammt, jetzt wach schon auf.«

»Was?«

»Hör zu, ich geh schon mal die Hunde holen. Um drei schließt du zu, und um sechs stellst du dich an die Straße vor eurem Haus. Ich hol dich da ab.«

»Wer kommt sonst noch mit?«, gähnte Bo.

»Cuffy und Bill und Virg Cooper.«

»Cuffy und Bill können mich nicht ausstehen«, warnte er.

»Sei kein Klugscheißer, dann mögen sie dich schon. Zieh dich warm an, hörst du?«

Bo nickte. Hurensohn, dachte er.

Er wartete, bis Enochs Abschleppwagen sich als Silhouette auf dem Buckel abzeichnete und dahinter verschwand, dann schloss er ab und machte sich auf zu Lucy. Sie war allein, las in einer Zeitschrift und sah aus, als hätte der Tag sie schwer ermüdet. Vielleicht hatte sie sich einen Mann geangelt, der sie dann zurückgewiesen hatte, dachte Bo. Beim Kaffee redete er sich die Übelkeit, den Hass und die Verwirrung, die in ihm tobten, von der Seele. Schnell hatten sie sich in eine Diskussion darüber verstrickt, ob Bo zur Fuchsjagd mitgehen sollte oder nicht.

»Bo, du stößt die Leute vor den Kopf und servierst sie ab. Geh schon mit auf die Jagd – die versuchen doch nur, dir was Gutes zu tun.«

Er sah auf, machte ein ernstes Gesicht. »Du trittst nicht einem Hund in den Hintern und gibst ihm dann einen Knochen.« Und mit plötzlichem Eifer fügte er hinzu: »Vielleicht kann ich Daddys Fünfundvierziger Automatik nehmen.«

»Du kannst kein Füchslein schießen, Bo«, warnte sie ihn. »Hinterher ist nichts mehr zum Jagen übrig.«

»Ich weiß«, sagte er, als wäre er ein Veterane der Jagd. »Ich will ihnen nur zeigen, dass ich schießen kann. Du weißt schon, ein paar Dosen schießen.«

»Pass aber verdammt noch mal auf, dass die Dosen keine Beine haben«, grinste sie.

Er kippte seinen Kaffee hinunter und brach so schnell auf, dass er vergaß, sein Trinkgeld dazulassen.

Der Lehmweg von der Nebenstraße auf dem Hügel zu Bos Haus war in der Mitte glatt und rot ausgetreten und an den Rändern gelb verkrustet. Er folgte dem Pfad in das andauernde Dämmerlicht und die süße Kühle eines Kiefernwäldchens. Dort gabelte sich der Weg. Einer führte zum Müllhaufen, der andere auf eine Lichtung, auf der das Haus stand, primitiv mit Schindeln aus Dachpappe versehen, die wie Backsteine aussehen sollten.

Die Lichtung war mit Eichen- und Zuckerahornblättern übersät. Die Farben der Blätter verschwammen ineinander und tarnten die unverwüstlichen Plastiknarzissen, die seine Mutter um den Vorbau herum eingepflanzt hatte.

Bo geriet in Panik, als er die abgeworfene Haut einer Mokassinschlange auf den Stufen zum Vorbau sah, dann lachte er über die optische Täuschung, sprang kühn darauf und die Treppe hoch. Er öffnete die quietschende Windschutztür, stieß die klemmende Holztür auf und hörte seine Mutter:»Bist du das, Bo?«

Er erinnerte sich daran, wie sie ihn früher ihren »einzigen Bo« genannt hatte. Als kleiner Junge hatte er das gemocht; jetzt jagte ihm das einen Schauder über den Rücken. Aber das war nun auch egal; sie nannte ihn nicht mehr so.

»Ja, Mama.«

Als er sich die Hände am Spülbecken wusch, blickte er durch das Küchenfenster hinaus auf den Haufen im Hinterhof. Langsam wurde er wieder zu einer 66er Impala. »Ich komme schon wieder in Fahrt«, hatte er zu Lucy gesagt und sich dann selbst gefragt: »Wann?«. Er wandte seine Aufmerksamkeit seinen eingeschäumten Händen zu, was die Frage beantwortete, aber eine andere trat an ihre Stelle: Warum sollte er Dawns Wagen nicht als Lager für Ersatzteile benutzen?

Er versuchte, beim Kochen zur Ruhe zu kommen, aber während er Kartoffeln und Zwiebeln schnitt und in die Bratpfanne tat, hörte er, wie sich seine Mutter in ihrem Schlafzimmer regte. Der Duft des Schweinefetts hatte sie erreicht. »Riecht gut«, rief sie. Statt zu antworten, machte sich Bo daran, Koteletts von einer ganzen Lende zu säbeln. Auch diese briet er an und drehte sie erst um, als Blut heraustrat und sich in der Pfanne grau verfärbte.

Seine Mutter schlüpfte mit kurzen unsicheren Schritten in die Küche und ließ sich in den gepolsterten Stuhl am Tisch fallen. Sie hatte sich ausgeruht. Als ihr Mann vor acht Jahren gestorben war, hatte der Arzt ihr geraten, sich häufig auszuruhen. Fürs Ausruhen kam die Bergmannsversicherung auf, bis die Ruhe sie entkräftete.

Sie lehnte ihren müden Kopf mit den langsam ergrauenden, aber immer noch braunen Haaren gegen die Wand und ließ zufrieden ihre Augenlider sinken. Sie trug zwei bedruckte Baumwollkleider – eines über dem anderen. Zwei Kleider im Herbst, dachte Bo, bedeutet einen Drei-Kleider-samt-Mantel-Winter.

Bo stellte das Essen auf den Tisch und war gerade dabei, sich das Stück Schweinefleisch in den Mund zu schaufeln, als seine Mutter um ihre Medizin bat. »Sie steht im Fenster über dem Spülbecken.«

»Da steht sie schon seit acht Jahren«, sagte Bo und schob den Stuhl mit einem Quietschen zurück. Als er nach dem Fläschchen mit den bunten Pillen griff, fiel sein Blick erneut auf den Wagen draußen. Die Reifen waren platt.

»Ich brauche meine Medizin«, sagte seine Mutter, während sie ihr Essen mit den Gabelzinken zu Brei zermatschte. Mit vollem Mund sagte sie: »Wann schmeißt du das Ding endlich weg, wie dich deine Mutter gebeten hat?«

»Niemals«, sagte er, stellte das Fläschchen auf den Tisch und setzte sich. »Wahrscheinlich bringt's mich um, wenn ich daran arbeite. Enoch hat …« Er hatte das Autowrack beim Abendessen nicht erwähnen wollen.

»Was hat Enoch?«

»Ein paar Einzelteile, aber ich brauch noch mehr.«

»Nächstes Frühjahr werden die Schlangen drin sein.«

»Es sind immer Schlangen drin, und ich krieg sie immer raus. Lässt du jetzt endlich mein Auto in Ruhe?«

»Der Fernsehfilm heut abend scheint gut zu sein«, sagte sie versöhnlich.

»Hab eine Verabredung zum Tanzen im Helvetia.«

Als die Teller leer waren, zog Bo sich rasch um, während seine Mutter sich von dem Gang zurück ins Schlafzimmer ausruhte. Nachdem er sich warm eingepackt hatte, schlich er zum Wandschrank im Flur und holte die Fünfundvierziger aus ihrer Hutschachtel. Er überprüfte die Trommel: sie war mit glänzenden, geölten Messingpatronen geladen. Die Pistole roch sogar gut. Er schob die Waffe in seine Tasche und rief »Nacht, Mama«. Er hörte sie Anweisungen wimmern, während er die Tür zumachte und abschloss.

Die Sonne ging noch nicht unter, aber war auch nicht zu sehen. Sie versteckte sich hinter den Hängen im Westen, so dass nur eine Spur von ihr hervorsah, die Hügelkämme mit grünem Feuer überzog und alles in der Senke in sauberen, kalten Schatten tauchte. Bo spürte den Frost kommen. Es war zu kalt zum Schneien. Er musste jetzt gehen.

Bo sah die Bäume und Häuser vorbeifliegen und hörte nur mit halbem Ohr Enochs Geschwätz über seine beiden Jagdhunde, Mattingly und Moore, zu.

»Also, Matt weiß, wie man rennt, aber Moore kann erkennen, ob ein Fuchs eine Ladung abgekriegt hat und weiß genau, wo er nach ihm suchen muss.«

Bo dachte: Ich hätte zuhause bleiben sollen, um den Film zu gucken. Wenn doch Spanker nicht weggelaufen wäre. Konnte es aber nicht leiden, angebunden zu sein.

Häuser und Geschichten rauschten vorbei. Bo drehte sich zu Matt und Moore um, die beide wacklige Beine hatten und denen vom Fahren schlecht war.

»Ich war jünger als du, als mich mein Vater das erste Mal mit auf die Jagd genommen hat.« Enoch schaltete, und das

Getriebe ratterte wie ein Eimer voller Ketten. »War nach zwei Löffeln Selbstgebranntem und einem halben Kautabak hinüber. Mensch. Das war'n noch Zeiten. Sich zurücklehnen ... diesen alten Knollengesichtern zuhören und sich zurücklehnen. Ich bin schnell erwachsen geworden. Musste am Leben bleiben. Hast du meinen Vater mal kennengelernt?«

»Nö«, sagte Bo und dachte, mal gespannt, welche Story jetzt kommt.

»Dein Vater hat ihn gekannt. War gemeiner als eine gereizte Schlange. Hat mir Sex beigebracht, als ich acht war. Hat mich in ein Haus in Clarksburg mitgenommen, wo die Alte sagte, ich dürfte nicht mit reinkommen – also hat er mich im Wagen gelassen und ist mit einem Montiereisen wieder reingegangen. Dann kam er zurück und hat mich geholt und mir die Alte gezeigt und ihren Mann, der auf dem Boden seinen Geist aufgegeben hat.«

»Muss ja ziemlich aufregend gewesen sein«, sagte Bo und schaute auf die Muster, die die Bäume Richtung Himmel warfen, als der Wagen vorbeifuhr.

»Klar, und das war noch nicht alles. Er hat mich mit in dieses Zimmer genommen und sich an der Alten zu schaffen gemacht und ihr dann gesagt, still liegen zu bleiben, bis ich fertig war. Dann hat sie Daddy einen Hurensohn genannt, weil er ihr nur fünfzig Cents gegeben hat, und dann er hat ihr die Zähne rausgeschlagen.«

Enoch lachte laut, aber Bo lächelte nur. Der alte Enoch war tot, aber die Gerüchte über die Gräber von Fremden, die man in Schweineställen gefunden hatte, machten immer noch die Runde.

»Wann hast du's das erste Mal gemacht?«

Bo gab seinen Nachmittagstraum wieder, als wäre er wirklich passiert, machte ihn beim Erzählen noch farbiger und erfand Personen hinzu, bis er nur noch ein paar Inch von der Schussweite einer Schrotflinte entfernt war, als »der Alte von dem süßen Ding sich mit seiner Sechzehn-Kaliber auf mich stürzte«.

»Verdammt, wer war das denn?«

»Du denkst wohl, ich würd dir das sagen, damit du losziehen und über mich reden und mich umbringen lassen kannst?«

»Hab dich ja nie für so nen Typen gehalten. Vermutlich hab ich dich ganz falsch eingeschätzt.« Nach längerem Überlegen setzte Enoch hinzu: »Bist schwer auf Zack.«

Als sie über die Hügelkuppe fuhren, brachen schmale Lichtschlitze durch die Äste; es war hell genug, um ohne Scheinwerfer Kaninchen und die Straße zu sehen. Bo wollte gerade seine Pistole erwähnen, aber sie bogen so rasch vom Waldweg ab, dass er es vergaß. Der Wagen rumpelte auf eine kleine Lichtung im Wald: Sie war von einer Mauer aus Bäumen umgeben, in deren Mitte eine Grube mit kalter Asche war, um die herum kaputte Autositze standen. Jetzt, dachte Bo und kletterte aus dem Wagen. Jetzt abhauen. Allein. Pulver in der Luft riechen – riecht wie gutes Metall. Die Morgendämmerung wird mich nie mehr streifen. Allein.

»Hol mal etwas Feuerholz«, befahl Enoch.

Bo fuhr herum. »Hör mal, ich arbeite für dich von dem Moment an, wenn ich komme, bis ich gehe. Wenn du heute Nacht was von mir willst, frag wie ein Freund, ja?«

»Eingebildet, was?«

»Ich habe recht.«

»Du verhältst dich nicht wie ein Mann:«

»Du behandelst mich auch nicht wie einen.«

Bo und Enoch durchkämmten den Hügel nach heruntergefallenen Ästen und zurückgelassenem Schnittholz.

Zwei Meilen entfernt beobachtete eine Eule auf den Ästen eines abgestorbenen Hickorynussbaums eine Wiese. Aus seinem Versteck im Unterholz beobachtete der Fuchs die Eule und die Wiese. Beide sahen das Kaninchen durch vertrocknete Herbstblumen umherirren, und beide warteten auf die beste Gelegenheit zum Angriff. Als der Augenblick gekommen war, befand sich die Eule schon im Flug, noch bevor der Fuchs nur eine Pfote gehoben hatte.

Der Wind drehte, und der Fuchs wechselte die Deckung, während er die Eule scharf im Auge behielt, die sich an ihrer Beute gütlich tat. Der Fuchs kroch vorsichtig vorwärts, maß die Entfernung zum nächstgelegenen Versteck und stürzte sich mit einer Art Gekläff auf die Eule. Erschrocken flog der Vogel auf, nahm den Dieb ins Visier und stürzte sich im Sinkflug auf ihn, nur um seine Klauen in Gras und Erde zu hauen. Fuchs und Beute waren sicher versteckt und ließen den Vogel beraubt und hungrig in der silbernen Abenddämmerung zurück.

Bo schichtete ein Feuer auf, während Enoch sich um die Hunde kümmerte. Mattingly und Moore schnupperten nach Luft und erholten sich von ihrer Übelkeit. Sie sprangen herum und bissen in die Ketten, als Enoch ihre Pfoten auf Steine oder Schnittwunden untersuchte. Als das Feuer loderte, spürte Bo eine Niederträchtigkeit in sich aufsteigen, spürte, dass er den Wald viel besser kannte als der Mann mit den Hunden, und wollte für einen Augenblick in die Dunkelheit rennen.

Am Fuße des Hügels fing Bill an zu hupen und hupte die ganze Strecke den Weg zum Hügel hinauf weiter. Die Hunde bellten, der Lärm schmerzte in ihren Ohren. »Schon betrunken«, brüllte Enoch lachend. Unter einem Persimonenbusch nagte der Fuchs an Kaninchenknochen und ruhte sich aus. Er unterbrach das Kauen kurz, um zu lauschen.

Der Wagen rollte ins Lager; Cuffy fiel heraus, die anderen Männer kamen stolpernd nach und ließen die Hunde, die Schaum vor ihren Mäulern hatten, angebunden auf der Ladefläche des Wagens zurück.

»Verdammt noch mal, was macht der denn hier?«, sagte Cuffy und deutete auf Bo.

»Ich hab ihn eingeladen«, sagte Enoch.

»Hey, Enoch«, brüllte Virg und ließ seine Blicke zwischen Mann und Hund hin und her schweifen: »Du und Matt, ihr seht euch immer ähnlicher.«

Cuffy schlenderte zum Feuer, setzte sich auf den Platz gegenüber von Bo, und beide starrten sich voller Abscheu an.

»Was macht der kleine Idiot denn hier?«, höhnte er.

»Mir gefällt's hier«, schoß Bo zurück.

»Gewöhn dich bloß nicht zu sehr daran.«

Bo ignorierte Cuffy und gesellte sich zur Gruppe.

»Verdammt, erzähl mir bloß nicht, dass der Hund hier rennen kann«, schrie Enoch Bill an.

»Bender ist der Allerschnellste. Ich wette, er meldet sich zuerst *und* führt die Meute an«, antwortete Bill.

»Ich wette, dass Moore sich zuerst meldet«, sagte Bo. »Und Bender führt an.«

»Dein Hirn ist höchstens halb so groß wie normal«,sagte Bill.

»Wie viel?«, fragte Bo.

»Nen Dollar.«

»Top«, sagte Bo. Enoch wettete auch noch gegen Bill, und alle schüttelten sich gegenseitig die Hände, dann ließen sie die Hunde los.

Die Männer kramten ihren Bourbon hervor, und Enoch machte Bo ein besonderes Geschenk – illegal gebrannten Whiskey in einem Weckglas. Dann setzten sie sich ums Feuer, um Geschichten auszutauschen, bis die Hunde endlich eine Fährte aufgenommen hatten.

Von seinem Posten in den Büschen konnte der Fuchs hören, wie schnüffelnd nach ihm gesucht wurde. Er tauchte seine Pfoten in Kaninchenblut, um sich einen Vorsprung zu sichern, und hechtete über die Böschung auf die Lichtung zu. Queen, Bills Jagdhund, war die erste, die die Fährte aufnahm. Statt anzuschlagen, stürzte sie zurück über den Hügelkamm, wo eine kalte Spur ihr verriet, dass er hier immer kreuzte. Moore schlug leise an, während er schnüffelnd Fuchs und Kaninchen zu unterscheiden versuchte.

»Moore«, brüllte Enoch. »Ich würde ihn überall erkennen.«

»Der Hund hat eine richtig gute Nase«, sagte Virg.

Bill zahlte jedem Mann den Dollar, den er schuldig war.

»Hab mich in dem Jungen getäuscht«, prahlte Enoch. Bo war das peinlich. »Erzähl ihnen von deiner ersten Frau, Bo.« Die Männer beugten sich vor und sahen Bo an.

»Erzähl du's ihnen, Enoch, ich bin noch nicht betrunken genug.«

Von Zeit zu Zeit korrigierte Bo Enochs Version, während die Zuhörer in zustimmendes Gejohle ausbrachen.

»Fred hat gesagt, er kann nicht mit auf die Jagd kommen«, sagte Cuffy und beobachtete, wie Bo darauf reagierte.

»Scheint ganz so, als hätte jemand mit seiner Frau rumgemacht, während er weg war.« Bo starrte Cuffy an, bis der wegguckte, dann nahm er einen ordentlichen Schluck aus dem Weckglas.

»Vielleicht war's dieser Hippie, der hinter Fred wohnt«, mutmaßte Virg.

»Der Hippie vögelt nur Tiere«, sagte Cuffy.

»Oder andere Hippies«, setzte Enoch nach.

»Das ist doch dasselbe«, erklärte Bo, und alle brachen in wildes Gelächter aus.

Das letzte Brennholz brannte noch, als Bill seine Geschichte beendete. Die Hunde hatten sie vergessen.

»Und ich hab gesagt, wir sind alle betrunken, und Cuffy und Tom haben angefangen, über das Gewicht dieser beiden Schweine zu streiten … hatten sie schon sauber gemacht und geschlachtet und abgepackt. Die beiden Scheißkerle haben sie auf den Lieferwagen geladen – mit den ganzen Eingeweiden und so – und nach Sutton gefahren, um sie zu wiegen. Haben die Innereien dabei ganz durcheinandergebracht und dann darüber gestritten, welcher Kopf zu welchem Schwein gehörte.«

»Mit dem Schwein war nicht mehr viel los, als ich es ausgenommen hab«, erinnerte sich Cuffy.

»Als wäre mit dir noch was los, wenn sie dir den Schädel einschlagen würden«, palaverte Virg. Und die Männer brachen wieder in Gelächter aus.

Der Fuchs kletterte den Weg zum Lager hinauf, die Meute auf seiner Fährte hinter sich. Queen wartete in dem Unterholz in der Nähe der Männer und war sich wegen der kalten Spur sicher, dass der Fuchs hier kreuzen würde. Der Fuchs zog Kreisen um die Bäume herum. Dies war sein letzter Trick, um die Meute abzuschütteln.

Bo war in einem Lichtschleier wie gefangen und hin und hergerissen zwischen Umfallen und einem weiteren Schluck. Er schnappte Gesprächsfetzen auf, dann glitt sein Bewusstsein weg in einen dumpfen Schlaf, aus dem ihn die Stimmen wieder herausrissen.

»Er sitzt gerade auf dem Heiligen Stuhl«, drang Bills Stimme in Bos Dunkelheit hinein. Bo hielt die Augen geschlossen.

»Das war ein verdammter Schrotthaufen«, sagte Enoch. »So wie ich das seh, ist sie ertrunken.«

»Wieso'n das?«, fragte Virg.

»Sie war ganz verschrumpelt – irgendwie aufgequollen.«

»Die Heilige Stange hältst du im Griff, also beweg deinen Arsch, um deine Seele zu retten«, posaunte Cuffy.

»Sie war schon verdammt gut." Enochs Stimme wurde leiser.

»Verdammt«, sagte Virg. »Immer war ich als letzter dran.«

»Wer zuerst kommt, mahlt zuerst«, sagte Bill.

»Halt die Klappe«, sagte Cuffy. »Ich bin schon wieder scharf auf sie.«

»Verdammt, das sind wir doch alle«, sagte Virg. »Kommt, wir graben sie wieder aus.«

»Vielleicht ist sie noch warm«, fügte Cuffy hinzu. Die Männer kicherten, bis sie husten mussten.

»Hat ihrem Alten erzählt, sie hätte einen Job«, lachte Enoch.

»Ich vermisse sie«, seufzte Virg.

»Ich nicht«, schrie Cuffy. »Sie hätt uns alle aufhängen lassen können, wenn nicht jemand sie geheiratet hätte. Nein danke, ich bin froh, dass sie tot ist.«

Bo fingerte an der Fünfundvierziger in seiner Tasche herum.

Aber die Männer hatten die Zeit totgeschlagen, indem sie Lügen erzählten und die mit Wahrheit vermischten, bis Bo nicht mehr zwischen dem und jenem unterscheiden konnte. Auch er hatte Sachen erzählt; keine Wahrheit und keine Lüge durften unerzählt bleiben. Das stand nun fest; die Wahrheit und die Lügen waren alle erzählt.

Der Fuchs brach auf die Lichtung und blieb angesichts des Feuers und der Männer stehen. Queen setzte zum Angriff an, gerade als der verwirrte Fuchs sich in ihre Richtung zurückzog. Ein Jaulen war zu hören, und der Fuchs stürzte auf die Senke zu, Queen ihm dicht auf den Fersen.

»Dieser verdammte Schleicher«, brüllte Bill. Betrunken, wie er war, zog Bo mit Schwung die Fünfundvierziger aus seiner Manteltasche, zielte auf Queen und schos daneben. Cuffy schrie auf, als der Schuss von den dunklen Hügelketten im Westen widerhallte. Queen blieb stehen und sah Bo an, dann verfolgte sie weiter die Spur. Virg sprang auf und stieß Bo mit dem Fuß die Pistole aus der Hand.

»Wollte nur das arme Fuchsie retten«, nuschelte Bo.

»Du blöder Hurensohn«, sagte Cuffy, und Bo suchte nach der Pistole, um ihn zu töten, aber die war in den Blättern und der Dunkelheit verschwunden. In seinem Kopf pochte es, und dumpf starrte er die Männer an.

»Lass ihn in Ruhe«, sagte Enoch. »Es hat ihm keiner was Besseres beigebracht.«

Auf schwankenden Beinen stand Bo da und sagte zu Virg: »Tut mir leid, aber ich wollte nur

den armen Fuchsie retten.«

Cuffy spuckte auf Bos Schuh, aber der ignorierte es, ging hinüber zum Gebüsch und erbrach sich.

»Ihr Jungs pinkelt auf das Feuer«, sagte Enoch. »Ich hole die Hunde.«

In dem seltsamen, dunstig-grauen Licht des Sonntagnachmittags übersah Bo fast die Lichtung. Trockene Eichenblätter flüsterten über ihm in kraftlosen Ästen, und eine Herbstblume hing schlaff auf ihrem Stengel, wie erfroren zur Strafe dafür, dass sie rebellisch war.

Die Spuren der Nacht lagen wie ein träger Geist auf dem Blätterboden verstreut. Das Weckglas war leer, aber Bos Kopf fühlte sich gut an – nur ein kleiner Schmerz wie vor einer Veränderung, einer beginnenden Erkältung. Er konnte kalte Asche und Erbrochenes in der Luft riechen, aber der Geruch, als sei etwas geschmolzen, lag nicht mehr im Wind, oder vielleicht hatte der Wind ihn auch davongetragen.

Er fand die Pistole seines Vaters, überzogen mit rostigen Linien von den nassen Blättern, und schob sie in seine Manteltasche. Als er den lehmigen Waldweg bis zur Nebenstraße entlangtaumelte, fragte er sich, ob man die Impala im Frühjahr wohl wieder fahren könnte.

Immer wieder

Mr. Weeks hat mich heute nacht wieder aus dem Schlaf geholt, und ich schaue zurück durch die Diele meines Hauses.
Ich habe das Küchenlicht angelassen. Dies ist ein einsames
Haus, seit die alte Dame gestorben ist. Wenn Mr. Weeks
nicht anruft, schreibe ich jedem, den ich kenne, über meinen Jungen. Einige meiner Briefe kommen immer zurück,
und die Leute, die zurückschreiben, sagen, niemand weiß,
wohin er gegangen ist. Ich kann nun mal nicht anders und
denke, er kommt vielleicht nachts nach Hause, wenn ich
weg bin, darum lasse ich das Küchenlicht an und gehe aus
der Tür.

Die kalte Luft ist so wie immer, und der Schnee legt sich
auf meine Mütze, kriecht unter meinen Kragen. Ich höre
meine Schweine, wie sie grunzend aus ihrem Stall kommen,
weil sie denken, ich füttere sie gleich. Ich müsste sie mit Besserem füttern als mit diesem schrecklichen Dreckwasser,
aber ich kann nicht, bis ich weiß, dass mein Junge in Sicherheit ist. Ich habe ihm gesagt, er soll nicht losgehen und
nachsehen, wenn die Schweine nur quieken, weil ich sie ja
nie töte. Sie quieken immer, wenn sie zufrieden sind, aber er

ist losgegangen und hat nachgesehen. Dann ist er irgendwohin abgehauen.

Ich wische den Schnee von der Windschutzscheibe meines Schneepflugs und klettere hinein. Die Vinylsitze sind kalt, aber ich mag sie. Sie sind glatt und schön sauber. Der Kreuzschlüssel ist, wo er immer ist: neben meinem Sitz. Ich hebe ihn hoch, lege ihn zurück. Ich starte den Streuer für das Salz, lasse meine Pflugschar herunter und fahre los, um die Bergstraße zu räumen.

Der Schnee türmt sich an der Böschung zu einer Wand auf. Kein Auto bewegt sich. Sie sind an der Seite gestrandet, und als ich an ihnen vorbeipflüge, fädeln sie sich in einer Reihe hinter mir auf, aber fallen dann immer zurück. Sie wissen nicht, wie lange das Salz braucht, um zu wirken. Sie sind solche Deppen. Fahren bei so einem Wetter durch die Gegend und sind am Ende tot. Sie sitzen nie still und warten, bis das Salz wirkt.

Ich denke, ich bin bald zu alt, um das noch lange zu machen. Ich wünsche, ich könnte aufhören und zusehen, wie meine Schweine älter werden und sterben. Wenn das letzte kurz vorm Sterben ist, werde ich ihm sein bestes Essen geben und das Tor offen lassen. Höchstwahrscheinlich wird das aber nie passieren, weil ich diese Strecke der Route 60 von Ansted nach Gauley kenne und einen guten Job mache. Mr. Weeks prahlt immer damit, was ich für einen guten Job mache, und wenn ich den anderen Schneepflug treffe, der die andere Seite dieser Straße bergauf räumt, hupe ich. Das ist Mr. Weeks, der von Gauley hinaufkommt. Ich denke darüber nach, dass ich Mr. Weeks noch nie in meinem Leben außerhalb eines Schneepfluges getroffen habe. Manchmal schaue ich hinaus zum Sewell Mountain und sehe, dass

Schnee kommt. Dann rufe ich Mr. Weeks an. Aber wir sind keine Freunde. Wir besuchen uns nie. Ich weiß nicht einmal, ob er Familie hat.

Ich verbringe die Pause in Hawks Nest, und eine neue Deppenhorde reiht sich hinter mir auf, aber schon bald bin ich wieder alleine. Wie ich so den Hang nach Chimney Corners herunterpflüge, sind meine Lichter die einzigen auf der Straße, und der Schnee schluckt das gelbe Drehen meines Blinklichts und die weißen Linien meiner Scheinwerfer. Ich lächle über die schönen Muster, die da entstehen, aber ich bin müde und wünschte, ich wäre zuhause. Ich mache mir Sorgen um die Schweine. Ich hätte ihnen mehr Abwasser geben müssen. Wenn das erste stirbt, werden es die anderen ziemlich schnell fressen.

Ich fahre die große Runde in Chimney Corners und sehe dort einen Anhalter stehen. Er macht einen sauberen Eindruck, aber sieht halb erfroren aus, also halte ich an, um ihn einsteigen zu lassen.

Er sagt, »He, danke, Mister.«

»Wie weit willst du?«

»Charleston.«

»Hast du da Familie?«, sage ich.

»Ja, hab ich.«

»Ich fahre nur bis Gauley Bridge, dann drehe ich um.«

»Schon in Ordnung«, sagt er. Ist ein höflicher Junge.

Die Deppen versammeln sich hinter mir, und meine niederen Gänge jaulen ihnen davon. Sollen sie doch meinetwegen den Berg runterfallen.

»Das ist kein gutes Wetter, um unterwegs zu sein«, sage ich.

»Sicher nicht, aber man muss ja irgendwie nach Hause.«

»Warum hast du keinen Bus genommen?«

»Ach, Busse stinken«, sagt er. Mein Junge redete auch immer so.

»Wo bist du gewesen?«

»Roanoke. Das ganze Jahr für einen Mann gearbeitet. Er hat mir Weihnachtsurlaub gegeben und etwas Kleingeld.«

»Hört sich nach einem guten Menschen an.«

»Und ob. Er hat diesen Hof außerhalb der Stadt. Pferde. Solche Pferde hat noch keiner gesehen. Er wird mich nächstes Jahr mit den Pferden arbeiten lassen.«

»Ich habe auch einen Hof, aber ich habe nur noch ein paar Schweine.«

»Schweine sind ein gutes Geschäft«, sagt er.

Ich schaue ihn an. »Hast du je ein Schwein sterben sehen?« Ich blicke wieder auf den Schnee auf der Straße.

»Klar.«

»Schweine sterben einen schwierigen Tod. Ich hab im Krieg Leute leichter sterben sehen als ein Schwein beim Schlachter.«

»Ist mir so nie aufgefallen. Wir haben sie ziemlich schnell erschossen und abgestochen. Sie zucken zwar noch ziemlich herum, sind dann aber schon längst tot.«

»Kann sein.«

»Was kannst du mit einem Schwein anfangen, wenn du es nicht schlachtest? Es verkaufen?«

»Meine Schweine sind alte Schweine. Zu nichts nütze. Ich lasse sie einfach sterben. Ich mache mein Geld jeden Winter auf diesem Stück Straße. Brauche nicht viel.«

»Hast du keine Kinder?«, sagt er.

»Mein Junge ist abgehauen, als meine Frau starb. Aber das war vor ziemlich langer Zeit.«

Er schweigt eine Weile. Wo die Straße repariert ist, hebe ich den Pflug an und fahre langsamer, um hinten mehr Salz fallen zu lassen. In meinem Rückspiegel sehe ich die Lichter der Autos, die hinter mir herkriechen.

Dann, plötzlich, sagt der Anhalter, »Was macht dein Junge jetzt?«

»Er hat gerade eine Maurerlehre gemacht, als er stiften gegangen ist.«

»Da kann man gutes Geld mit machen.«

»Ich weiß nicht. Er war ja noch nicht mal Geselle.«

Er pfeift. »Ich hab das diesen Sommer zwei Wochen lang gemacht. Noch nie hat mir alles so weh getan.«

»Es ist harte Arbeit«, sage ich. Dieser Junge hat sicher gute Muskeln, wenn er den Mörteltrog schleppen kann.

Ich sehe die Lichter von Mr. Weeks' Schneepflug auf uns zukommen. Ich schalte in den ersten Gang. Ich habe keine Eile. »Duck dich«, sage ich. »Ich kriege sonst Probleme, weil ich dich mitgenommen habe.«

Der Junge kauert sich in den Sitz, und die Scheinwerfer von Mr. Weeks' Schneepflug scheinen in meine Fahrerkabine. Ich winke in die Scheinwerfer, ohne Mr. Weeks zu sehen, und wir hupen, als wir uns passieren. Dann fahre ich mehr in die Straßenmitte. Ich will gute Arbeit machen und allen Schnee erwischen, aber als die Reihe von Wagen hinter Mr. Weeks auf mich zukommt, wird mir kribbelig. Ich will keinen Unfall verursachen. Der Junge richtet sich wieder auf und fängt wieder an zu reden, und das macht mich nervös.

»Ich hab mich ein bisschen davor gefürchtet, durch Fayette County zu kommen«, sagt er.

»Hm-hm«, sage ich. Ich versuche, kein Auto zu streifen.

»Hier werden verflucht viele Tramper umgebracht.«

Ein Mann drückt auf die Hupe, als er vorbeifährt, aber ich muss alles kriegen, was Mr. Weeks übriggelassen hat. Ich fahre immer zu weit in der Mitte.

Der Junge sagt: »Die Knochen von diesem Soldaten – Gott, das war vielleicht gruselig.«

Das letzte Auto schiebt sich vorbei, aber mein Rücken und meine Schultern zittern und ich schwitze.

»Dieser Soldat«, sagte er. »Was weißt du darüber?«

»Nichts.«

»Sie haben seinen Seesack unten im Lovers' Leap gefunden. Sein ganzes Zeug war drinnen, und seine Knochen auch.«

»Ich erinnere mich. Das war mehr als scheußlich.« Der Schnee zeichnet so hübsche Muster im Licht meiner Scheinwerfer, und es beruhigt mich, sie anzuschauen.

»Hier in der Gegend ist auch noch so ein dicker Vollidiot umgebracht worden. Er war der einzige, den sie noch mit dem ganzen Fleisch auf den Rippen gefunden haben. Bei allen anderen finden sie immer nur die Knochen.«

»Sie haben jahrelang keinen mehr gefunden«, sage ich. Dieser Schnee erinnert mich an Frankreich. Genauso hat es geschneit, als sie uns über Frankreich abgesetzt haben. Ich gähne.

»Ich weiß nicht«, sagt er. »Vielleicht ist der Typ tot, der sie alle um die Ecke gebracht hat.«

»Gut möglich«, sage ich.

Der Hügel geht langsam in die Talsohle über. Wir fahren nach Gauley weiter und räumen noch das Stück von New River frei. Der Junge raucht und starrt in den Schnee.

»So hat es in Frankreich im Winter 44 auch geschneit«, sage ich. »Ich war bei den Fallschirmjägern, und sie haben uns da abgesetzt, wo besonders viel Deutsche waren. Mein Zug hat ein Bauernhaus ohne einen einzigen Schuss eingenommen.«

»Verdammt«, sagte er. »Habt ihr sie mit dem Messer erstochen?«

»Das Genick gebrochen«, sagte ich und sehe vor mir, wie mein Mann in den Schweinestall fällt. Menschen sterben so schnell.

Wir kommen nach Gauley, wo die Straße schon von den anderen Wagen geräumt worden ist. Ich fahre an den Straßenrand, und die Autos hinter mir holen auf und fahren durch den Matsch vorbei. Ich greife nach dem Kreuzschlüssel.

»Schau mal unter dem Sitz nach meiner Taschenlampe, Junge.«

Er beugt sich nach vorne, tastet unter dem Sitz herum, und sein Kopf ist von mir abgewandt. Aber ich bin jetzt viel zu müde, und ich will den Sitz nicht säubern müssen.

»Da ist sie nicht, Mister.«

»Na schön«, sage ich. Ich schaue in die Scheinwerfer der Autos. Alles solche Deppen.

»Danke nochmal«, sagt er. Er springt auf die Straße, und ich sehe ihn zurücklaufen, er hebt den Daumen. Fast bin ich zu müde zum Nachhausefahren. Ich sitze da und beobachte, wie dieser Junge zurückläuft, bis ein Auto hält. Ich denke, er ist ein höflicher Junge und hat Glück, nachts mitgenommen zu werden.

Den ganzen Weg den Berg hoch zähle ich die Männer in Frankreich, und ich muss anhalten und noch einmal zählen.

Ich komme nie weiter als bis zu jener Nacht, in der es geschneit hat. Mr. Weeks überholt mich und hupt, aber ich hupe nicht. Wieder und wieder versuche ich zu zählen, aber schaffe es nicht.

Ich halte neben meinem Haus. Meine Schweine rennen aus ihrem Verschlag im Hinterhof und grunzen mich an. Ich stehe neben meinem Pflug und blicke durch die verschneiten Äste der Bäume auf die ersten Lichtstreifen um Sewell Mountain. Auf der geräumten Straße rauschen Autos vorbei. Das Küchenlicht brennt immer noch, und ich weiß, das Haus ist leer. Meine Schweine starren mich an, schnauben neben ihrem Trog. Sie warten darauf, dass ich sie füttere. Ich gehe zu ihrem Pferch.

Das Mal

Am Morgen des Jahrmarkts waberte der Duft zu Reva in die Küche, durchschnitt den dichten Geruch von Kaffee und Fischrogen. Sie ließ den Abwasch liegen und trug ihren Kaffeebecher in den spärlich beleuchteten Flur, vorbei an den sauber gerahmten Pfeilspitzen ihres Bruders, vorbei an dem mit Kohle gezeichneten Porträt ihres Großvaters, aus dem kühlen Dunkel hinaus auf die Veranda. Land und Fluss lagen unter dichtem braunen Nebel verborgen, den die Sonne allmählich schälte. Der Nebel roch nach Erz und Erde, und Reva setzte sich, um den Geruch einzuatmen, während sie die Müdigkeit aus den Knochen ihrer Hände herausrieb. Sie fühlte sich schwer vor Sorge um ihren Bruder, der jetzt auf demselben Fluß arbeitete, der ihre Eltern erst vor acht Jahren getötet hatte. Die Sorge drohte einen ihrer Anfälle hochkommen zu lassen, und sie schwor sich, alles zu vergessen.

Im Hof striegelte der einfältige Jackie, der Pächter, Tylers preisgekrönten Bullen und sang dabei leise irgendeine schwachsinnige Melodie. Der Bulle verlagerte sein riesiges Gewicht von einer Seite auf die andere und versuchte, sich gegen die ungewöhnlichen Muster zu wehren, die Jackies Bürste in sein schwarzes Fell gezeichnet hatte. Als »der Stolz und die Zukunft von Cutters Hof« mit seinem seilähnlichen Schwanz nach morgendlichen Fliegen schlug, amüsierte sich Reva, »pipi-pipi«, und schlürfte ihren Kaffee. Der Bulle bewegte sich wieder.

»Halt still, du verdammtes Biest«, knurrte Jackie und hörte auf zu singen.

Pipi-pipi, Reva grinste in sich hinein. Pepe mit seinem Erbsenhirn pisst auf seine Fersen. Pipi-pipi.

Tyler, ihr Mann, trat auf die Veranda. Er trug sein grünkariertes Hemd und blaue Hosen.

»Geht das so?«, fragte er und drehte sich im Kreis.

»Für die Schaubuden schon«, lachte sie.

»Tut mir leid«, sagte er. Seine Farbenblindheit war ihm peinlich.

»Such dir die hellen Hosen raus, Großer T.«, sagte sie, wohl wissend, dass sie hellbraun waren, und sah ihm nach, wie er den Flur entlang schlurfte, als wäre er ein kleiner Junge und nicht seit zwei Wintern ihr Ehemann.

Sie fühlte nach der Stelle, wo das Baby sein sollte, schloss die Augen und versuchte sich vorzustellen, wie ihr Blut durch die Adern des Kaninchens floss. Es würde in die Eierstöcke fließen und sie anschwellen lassen, hatte der Doktor gesagt, wenn sie schwanger wäre. Sie hatten vor, das Kaninchen zu töten und in seinen Organen nach ihrem Geheimnis zu suchen, aber das Ziehen in ihrem Bauch kam zu hart und zu furchterregend, so sehr wie in ihrem schlimmster Monat. Sie sagte sich, sie würden keine Beweise in den Eierstöcken des Kaninchens finden.

Sie erinnerte sich, wie ihr Bruder Clinton einen Wurf kleiner Kaninchen an seine nackte Brust gedrückt hielt, während hinter ihm die Mähmaschine mit einem leblosen

Brummen dröhnte. War das der Sommer, als sie begann, ihn zu begehren?

Sie blickte in die Richtung, wo sich der Nebel von der Straße gehoben hatte und über die hektargroßen Tabakfelder in der Flussniederung zog, um hinter sich eine glitzernde Schicht aus Tau zurückzulassen. Clinton hatte ihnen geholfen, die Ernte einzubringen, bevor er sich eingeschifft hatte, und sie dachte kurz an eine Hure, die den starken Körper ihres Bruders in den Armen hielt, der nach dem rauchigen Duft ihres Großvaters roch. Nächste Woche würde es nur noch trockene Stoppeln geben, in denen sich Schlangen verstecken konnten, und staubige Gerüche aus dem knackenden Räucherschuppen.

Tyler kam in hellblauen Jeans zurück, an die Reva gar nicht mehr gedacht hatte. Sie atmete tief die Augusthitze ein.

»Was zum Teufel macht Jackie denn da?«, fragte er und beobachtete den Pächter.

Reva gab keine Antwort. Ein Grashüpfer landete auf dem Geländer, und Reva sah zu, wie seine gepanzerten Kiefern Bläschen warfen. An derselben Stelle hatte früher ihr Großvater seine Schiffergeschichten erzählt und die Shantys gesungen, und sie hatte mit ihrem Bruder dunkle Geheimnisse ausgetauscht.

»Mach schon und bring ihn in den Wagen, Jackie«, rief Tyler, dann murmelte er: »Der verdammte Ignorant wird das auf dem Markt alles noch mal machen müssen. Aber er sieht richtig wie ein Champion aus, findest du nicht? Jackie hat sogar seinen Ring poliert.«

»Das wird den Unterschied machen«, sagte sie und stand auf, um selbst die Hose zu holen.

»Jawoll, mein Guter«, sagte Tyler zu dem Bullen. »Du siehst geradezu elegant aus.«

Auf ihrem Rückweg durch den Flur verfing sich Revas Blick im starren Blick ihres Großvaters, aber da sie sein junges Gesicht nicht kannte, ging sie direkt auf die Veranda zurück.

»Geh schon und zieh die an, bevor Bill und Carlene hier sind«, sagte sie und reichte Tyler die Hose.

»Willste mir nicht helfen?«, sagte er, schlang den Arm um ihre Taille und grinste, während er ihren Nacken küsste. Er roch nach Aqua Velva, aber sein Kinn war rauh.

»Du hast eine Stelle vergessen«, sagte sie, fuhr mit der Hand über sein Gesicht und stieß ihn zur Seite. Er ging ins Haus.

Jackie trieb »Stolz und Zukunft« in den Transporter, band ihn an und verriegelte die Tür. Reva beobachtete Jackie, wie er seinen glucksenden dummen Kopf hängen ließ, während er x-beinig zur Scheune trottete. Sie fragte sich, ob er dort eine Flasche versteckt hatte.

Der Nebel war verschwunden, und sie konnte die Hügel jenseits des Flusses sehen – Hügel, die schon bald den Ebenen von Ohio Platz machten. Am östlichen Ufer, fast versteckt unter Wein und Unkraut, stand das hölzerne Schleusenwärterhaus, wo ihr Großvater früher gearbeitet hatte. In ihrer Jugend, als es leer stand, war es ihr Spielhaus und Clintons Fort gewesen. An seinen Grundmauern aus Beton gruben sie nach den Knochen eines Körpers, von dem ihr Großvater behauptete, er hätte ihn als Junge aus dem Fluß gefischt; sie fanden sie aber nie. Das ganze Ufer entlang waren Trampelpfade in den schwarzen Lehm getreten. In die glatte, graue Rinde eines Silberahorns, dessen Wurzeln den

Stützpfeiler eines Schleusentors aufbrachen, hatte Clinton an dem kalten Dezemberfreitag, an dem die Brücke zusammenbrach, die Initialen ihrer Eltern eingeritzt.

Eine leichte, staubige Brise, deren Hitze Reva schaudern machte, wehte über die Veranda, und Reva schloss die Augen, in denen Tränen vom langen Starren standen. Ein winziger Schmerz schraubte sich ihren Rücken hinauf, und sie bemühte sich, Hass dafür zu empfinden, dass sie hiergelassen worden war, alleine. Sie versuchte, Clinton dafür die Schuld zu geben, ihren Eltern, sogar dem Fluss, öffnete aber schließlich wieder ihre Augen und blickte auf die weißen Knöchel ihrer winzigen Faust.

Gleichgültig stampfte der Bulle auf der Ladefläche des Transporters, während die Morgensonne die Heuschrecken wärmte und zum Summen brachte. Die gute Luft war mit dem Nebel verschwunden. Als sie Bills neuen Buick vom Highway abbiegen sah, stand sie schwerfällig auf und ging nach drinnen.

»Sie starrt die ganze Zeit vor sich hin«, sagte Tyler, blickte auf den Bullen und wartete auf die Antwort seines Bruders.

Der Bruder saß ein wenig höher auf dem Geländer und rauchte. Das Summen der Heuschrecken ließ die Luft nur noch dicker werden, die staubigen Blätter der Silberahornbäume auf den Hügeln hingen grünlich-schlaff herunter und zeigten keinen Windhauch an. Bill gähnte.

Tyler sah zu seinem Bruder hoch. »Ich dachte mir, ich mach ihr ein Baby, damit sie nicht mehr an Clint denkt. Junge, was war sie heiß an dem Tag, als er ging. Jetzt vermisst sie nur noch dieses freche Geschwätz von ihm.«

Bill sagte immer noch nichts, und Tyler stand auf und stellte sich neben seinen Bruder. Bill überging Tylers Sorge.

»Ach Scheiße, T., hör auf, dir Sorgen zu machen wie ein altes Weib. Du musst eine Farm beackern. Kümmer dich darum.«

»Da hast du recht. Ohne den Tabak da drüben säße ich ganz schön in der Scheiße.«

Reva stand im Hausflur. Mit dem Zeigefinger fuhr sie die gezackte Kante einer rosafarbenen Pfeilspitze nach. Clinton hatte sie als Shawnee-Waffe bezeichnet und ihr den Ehrenplatz gegeben, weil es ihr Lieblingsstück war. Im oberen Stock ging eine Toilettenspülung, und sie hörte ihre Schwägerin summen, während sie sich zurechtmachte. Sie ging hinaus.

»Fertig?«, sagte Tyler und sprang von den Stufen auf.

»Wo ist Carlene?«, fragte Bill.

»Auf dem Lokus, scheint mir«, sagte sie und ließ ihre Handtasche zuschnappen.

»Die Frau hat eine schwache Blase«, sagte Bill zu seinem Bruder.

»Schaut mal da«, sagte Reva und deutete auf die Stelle, wo gerade ein Maulwurf einen Tunnel unter dem Hof grub. Tyler ging hin und stellte seinen Absatz auf die sich bewegende Erde.

»Tyler, der Maulwurf tut uns doch gar nichts«, sagte sie. Das Grinsen ihres Ehemanns war ihr zuwider.

»Den kenn ich«, sagte er. »Der hat sich sein eigenes Grab geschaufelt.«

»Ich habe sagen hören, an Hundstagen ist alles Gift«, sagte Bill.

Reva warf ihm einen bösen Blick zu.

»Wo ist Gift?«, sagte Carlene und trat auf die Veranda.

»Nichts.« Reva warf ihr Haar zurück. Dann ging sie die Stufen hinunter und auf den Buick zu.

Jackie stand an den Laster gelehnt.

»Schöner Tag«, sagte er, als Reva vorbeiging, und sie nickte lächelnd, weil sie wusste, dass für Jackie jeder Tag schön war. Das Warten in der brütenden Hitze des Wagens ließ das Pochen in ihrer Stirn bis zwischen ihre Ohren kriechen. Sie starrte auf die Platanen und Silberahornbäume am Flussufer. Versteckte Totems hingen dort als Geschenke an die Geisterbäume ihrer Eltern: eine Halskette von Reva, ein verzauberter Hundeknochen von Clinton, Glasstücke an einer Angelschnur, um die Bäume in der Wintersonne zum Glitzern zu bringen. Ihr Kopf wurde klarer, und sie hörte, wie die anderen flüsternd zum Wagen kamen. Nur Tylers Stimme dröhnte dunkel aus seinem Inneren heraus: »... aber sie sind schon eine ganze Weile tot.«

In der Stille des Wagens hatte Carlene wegen der Anfälle ihrer Schwägerin ein schlechtes Gefühl. Sie erinnerte sich, wie Großvater Cutter wochenlang im kalten Wind am Flussufer stand und zusah, wie die Wagen herausgezogen wurden: Ihre Lippen aus verbogenem Metall spuckten Wasser. Nur wenn das Gerücht die Runde machte, es handele sich um einen Ford-Lastwagen, trat er zum Zuschauen näher. Als schließlich derjenige seines Sohnes leer hochgezogen wurde, ging er nur zu dem Lastwagen zurück, in dem seine Enkelkinder saßen und auf den Berg von verbogenem Metall starrten.

Der glatte Asphalt wurde plötzlich für vier Meilen von Betonplatten unterbrochen. Der Wagen holperte beim Weiterfahren über jede einzelne von ihnen, und Tyler drosselte das

Tempo, während er Jackie zu verstehen gab, hinter ihm zurückzubleiben.

»Verdammter Idiot«, sagte er dann und warf einen Blick in den Spiegel zu Bill, der hinter ihm saß. »Hast du den Bullen von Layman gesehen, ›Rangoon‹?«

»Hört sich eher nach einer Krankheit an«, kicherte Bill.

»Hat er sich vielleicht in Vietnam geholt.«

»Den Namen oder die Krankheit?« Reva grinste frech. Niemand lachte.

»Ich wette, er hat seine Papiere gefälscht«, fuhr Tyler fort. »Sieht gut aus, aber der Papierkram stimmt nicht.«

»Nö«, sagte Bill schleppend. »Dafür ist Layman nicht schlau genug.«

Carlene lehnte sich nach vorne zu Reva. »Ich kann's kaum erwarten, bis du's vom Doktor hörst. Hast du Angst?«

»Nur verrückt vor Freude«, sagte sie so, dass Tyler es hören konnte.

»Willst du einen Jungen oder ein Mädchen?« Carlenes blaue Augen weiteten sich, als sie die Frage stellte.

»Egal. Aber warte doch einfach, bis ich es sicher weiß.«

Tyler nahm ihre Hand, und sie konnte die Sorge in seinen kalten Fingern spüren. Vom Autofahren wurde ihr schlecht, und sie schloss die Augen und dachte, dass Clinton vermutlich nie mehr zurückkommen würde, wenn das Baby erst einmal geboren war.

»Es gibt neue Angusrinder in der Gegend«, hörte sie Bill sagen und fühlte, wie sich Tylers Finger anspannten.

»Wer hat die?«

»So ein Typ namens Jordan oder Jergan – habe ich vergessen, aber der Bulle heißt »Imperial Sun« – S-u-n. Kommen die weite Strecke aus Virginia.«

»Schönes Vieh?«

»Könntest du dir nicht leisten.«

Carlene lehnte sich wieder nach vorne. »Wie werdet ihr das Baby nennen?«

»›Imperial Sun‹.« Revas Stimme klang hohl.

»Weder noch.« Tyler versuchte, einen Witz zu machen. »Wir nennen ihn nach dem alten Jeff D. Cutter. Nicht wahr, Reva?«

»Sicher, Großer T.«

»Wer hat letztes Jahr gewonnen?« Tyler sah in Bills Gesicht und winkte Jackie wieder zurück.

»Weißt du«, sagte Bill, »daran erinnere ich mich nicht mehr richtig.«

Der Junge von den FFA[3] schob seinen Kautabak auf die andere Seite, als er Reva ihr Schinkensandwich reichte, und grinste sie wegen des Safts in seinem Mund mit verschlossenen Lippen an. Die Nachmittagssonne schien ihm in die Augen, und sein Schielen erinnerte sie an das ihres Bruders. Sie lächelte zurück, als sie bezahlte.

»Ich weiß beim besten Willen nicht, wie du so einen Mist essen kannst«, bemerkte Carlene spöttisch.

Reva dachte an das Lächeln des Jungen, nahm einen großen Bissen und zog eine Scheibe Schinken aus dem Sandwich. Sie ließ sie wie eine Zunge vor Carlene hin und her baumeln, und ihre Augen leuchteten ein bisschen auf. »Gut«, sagte Reva und stopfte sich das Fleisch in den Mund.

Der mit Sägemehl bestreute Mittelweg roch nach Schmutz und Leuten und Spaß, nicht wie die Viehställe, und stank

---

3 Jugendorganisation: Future Farmers of America [Anm. der Übers.].

auch nicht so wie diese. Während sie ihn entlang schlenderten, sahen sie in ausdruckslose Gesichter, die in ihre eigenen starrten. Die Kinder rannten mit schrillen Schreien und Gelächter hintereinander her. Ein rothaariger Junge zog sich Stücke von Zuckerwatte aus dem verfilzten Haar, während ihm seine lachende Schwester noch mehr auf den Kopf tat. Ihre Mutter saß auf der Bank und starrte in den Wald von Gesichtern.

Reva erinnerte sich, wie Clinton sie nach ihrer Hochzeit aufgezogen hatte. »Wie einen alten Wels wird er dich hinknallen«, hatte er lachend gesagt. Danach hatte er sie Wels genannt und sie immer vor Ködern aus Rindfleisch und vor Haken gewarnt, bevor sie in Tylers Bett ging.

Noch einmal kamen sie an der Achterbahn vorbei, bei deren Anblick sich einem der Magen umdrehte, und Carlene bewegte sich in Richtung der Autoscooter. »Komm schon«, sagte sie.

»Nö, ich bin heute schon genug durchgeschüttelt worden.«

»Na schön, wir haben alles gemacht«, sagte Carlene enttäuscht.

»Die Schaubuden haben wir noch nicht gesehen und auch die Tiere nicht.«

»Die da?« Carlene knurrte und verdrehte die Augen, folgte Reva aber durch den Mittelgang zu den Vorführungen.

Trotz der Marktschreier schien es in der Gasse mit den Schaubuden still zu sein. Das Flüstern der Erwachsenen lag wie ein Brummen unter den Rufen der Marktschreier. Sie gingen am *Monster of Calcutta* und an der *Living Torch* vorbei und hörten zu, wie das Flüstern zu einem Stimmengewirr anschwoll, wenn die Schau zuende war. Die Stripperin hatte keinen Marktschreier, sie brauchte auch keinen.

»Bill sagt, sie raucht Zigaretten mit ihrer Du-weißt-schon«, flüsterte Carlene.

»Das ist ja mal eine gute Nummer«, antwortete Reva. Ihr Gesicht hellte sich auf, als sie darüber nachdachte. Ihr Bruder würde den Fluß hinaufkommen, nicht in seinen Schifferklamotten, sondern als nackter Indianer, der sich in den Papayatunneln versteckte. Im Schleusenwärterhaus würde sie ihm die Nummer vormachen. Ihre Laune verdüsterte sich, als sie daran dachte, dass ihm irgendeine Hure das vielleicht schon gezeigt haben könnte.

»Guck mal, Schlangen«, flüsterte Reva vor sich hin.

»Ich will nicht für was bezahlen, wovon ich schon zu viel zu sehen kriege.«

»Ach, komm schon, Carlene«, sagte Reva und gab dem Marktschreier ihren Vierteldollar. Carlene kam ihr langsam nach und bahnte sich einen Weg durch die Menge zu der Stelle, wo Reva ihnen einen Platz an der mit Segeltuch eingefassten Arena gesichert hatte. In der Arena saß ein alter Mann barfuß zwischen den harmlosen Schlangen, der auf professionelle Art ununterbrochen redete. Seiner Stimme aber hörte man die Langeweile an.

»Also, Sie alle können sehen, dass das Ding hier lebt«, sagte er und hielt eine kleine Schlange hoch. Dann ließ er sie seine Kehle hinabgleiten. Carlene würgte, und die Menge flüsterte.

»Sie da«, sagte er und deutete auf einen Mann, der sich in seinen besten Overall geworfen hatte, »können Sie sehen, wo sich die Schlange versteckt?«, und er riss seine zahnlosen Kiefer weit auf. Der Mann im Overall sah nicht auf, sondern schüttelte schüchtern den Kopf. Der Schlangenesser spie die Schlange in seine Hände und setzte sie wieder zu den anderen. Ein Flüstern ging durch das Zelt, doch Reva folgte Carlene ins Freie. Tyler und sein maulwurftötender Fuß taten ihr leid, aber sie wusste, dass es mit ihm immer so sein würde.

»Ich gehe zu den Ställen zurück«, sagte Carlene. »Hiervon wird mir schlecht.«

»Na gut, schau mal da.« Reva deutete auf einen Käfig aus Hühnerdraht, in dem zwei Klammeraffen rammelnd für Nachwuchs sorgten. Ein weiterer lag auf einem Bord in den Nähe des Käfigdachs, streichelte sich selbst und wartete, bis die Reihe an ihm war.

»Ich kannte mal eine Frau, deren Baby auf diese Art gezeichnet wurde.«

Reva wandte ihren starren Blick von den Affen und hob ihn verächtlich auf die Höhe von Carlenes blauen Augen.

»Also«, fuhr Carlene hämisch fort, »meine Mama hat mir alles darüber erzählt. Sie hat gesagt, das Mädel war fast im siebten Monat, und ihr Mann konnte sie nicht von den Affen wegkriegen.«

Reva schaute auf den weiblichen Affen, der darauf wartete, erneut besprungen zu werden. Das andere Männchen kletterte herunter, um seinen Anteil abzubekommen, während das leere Gesicht des Weibchens zu Reva zurückblinzelte.

»Als das Baby geboren wurde, sah es genau wie ein Affe aus«, sagte Carlene und beugte sich vor, um zwischen Reva und dem Käfig weiterzureden. »Mama schwört, das ist das Mal von dem Tier, aber sie hat wirklich eine Schwäche für solches Geschwätz.«

»Wo ist es jetzt?«, fragte Reva, als wollte sie es suchen gehen.

»Gestorben, glaub ich.«

Die beiden Männchen legten eine Pause ein und streckten sich der Länge nach auf dem Boden des Käfigs aus, während das Weibchen in einer Ecke kauerte und zornig auf sie glotzte. Der Wind trug ihren Gestank davon. Reva wollte jetzt ins Schleusenwärterhaus gehen, wollte den kühlen Boden an ihrem Hintern und an ihren Schultern spüren.

Die Schmerzen in ihrem Bauch waren stechend und vertraut. Sie machten sie müde und leer. »Mein Bauch tut weh«, sagte sie zu Carlene.

»Dieses Sandwich. Hab ich's dir doch gesagt.«

Tyler nahm ihren Arm, und sie schreckte hoch. »Das war ja die reinste Hölle, euch zu finden. Du siehst krank aus«, sagte er, als er sah, wie eine kalte Blässe in ihren Wangen aufstieg.

»Wie hat sich der alte Pipi-pipi geschlagen?«, fragte sie durch die Krämpfe hindurch.

Tyler schüttelte den Kopf.

»Das tut mir leid, T.«, sagte sie und streichelte seine Wange. Sie fühlte sich schon rauh an.

»Geht es dir gut?«, fragte er.

Sie drückte ihr Gesicht gegen seine Brust und ließ sich von ihm umarmen. Er roch verschwitzt und gut, aber der Geruch von Rogen und Vieh haftete an seiner Haut.

»Ja, T.«, sagte sie und spürte das Blut zwischen ihren Beinen. Es tat ihr leid, dass das Kaninchen umsonst hatte sterben müssen.

Als sie die Stufen hinabging, warf Reva keinen Blick auf den zerstörten Maulwurfstunnel. Statt dessen bahnte sie sich ihren Weg durch Wolken von Stechmücken zum Fluss, während der Mond die Dunkelheit vom Boden vertrieb. Tief aus den Gräsern, wo die Schlangen allmählich erwachten, sah sie Leuchtkäfer den Himmel sprenkeln und dachte, sie hätte den Geruch von etwas Feuchtem in der trockenen Luft wahrgenommen.

Von der Veranda aus beobachtete Tyler, wie seine Frau unter den Schatten der Ahornbäume am Flussufer entlangging. Deren Blätter zeichneten sich im Licht des zunehmendes Mondes wie Spitzen auf dem Fluss ab. An einem Tag hatte er den Preis und das Kind verloren. Ihre Anfälle verbitterten ihn. »Hey, Jackie«, rief er und wartete, bis der Pächter auf den Hof geschlurft kam.

»Was'n?« Der Pächter schrie fast, als er vor seiner Hütte stand.

»Komm schon, trink einen mit mir.«

Neben der von Moos überwucherten Schleuse starrte Reva auf zwei Monde. Der eine hing ruhig über Ohio, der andere wurde von der langsamen Strömung des Flusses zerteilt. Stechmücken summten um ihre Ohren und saugten Blut aus ihrer zarten Kopfhaut, aber sie bewegte sich nicht. Flussaufwärts saugte sich der Huf eines Hirschs im weichen Schlamm fest, aber Reva sah nur auf den schwimmenden Mond – denselben Mond, den Clinton mit seiner Hure aus Cincinnati ansah, das wusste sie. Sie tastete in ihrem Bauch nach dem Kind, das es nie gegeben hatte, und wünschte sich fast, die Tat ungeschehen, sogar vergessen zu machen. Jenseits des Flusses flackerte das winzige Feuer eines Fischers, und hin und wieder dachte sie, sie könne seinen Rauch riechen. Sie stand auf. Ihre Gelenke knackten, weil sie zu lange im Tau gesessen hatte. Mit ihren kalten Fingern zog sie die

Schnitzereien im Baum nach und tastete nach dem, was von ihrer Familie geblieben war: L.C.N.C. '67.

Jackie freute sich auf den zweiten Drink. Tyler machte sie noch stärker und lachte über Jackies dummes Grinsen.

»Wie nennt ihr euer Kind?«, fragte der Pächter.

»Es wird kein *Kind* geben«, antwortete Tyler.

»Aber ich hab gedacht …«

»Nichts hast du gedacht. Es wird kein *Kind* geben.«

Jackie sah Tyler mit stumpfem Gesichtsausdruck an. Der Farmer rieb sich die Stirn und suchte nach Worten.

»Sie hat ihre Brunst verloren«, sagte er schließlich, in der Hoffnung, Jackie würde ihn verstehen.

Sie hörten ein leises, unterdrücktes Heulen von der Veranda und gingen hinaus. Reva saß auf den Stufen, wiegte sich vor und zurück, hielt die Arme um ihren Körper geschlungen und weinte.

»Verdammt noch mal«, sagte Tyler, als er die orangenen Flammen aus dem Schleusenwärterhaus schlagen sah.

»Das war ich«, sagte Reva zu Jackie, der auf der Stufe vor ihr stand. Sie blickte auf die Veranda hinauf zu ihrem Mann. »Ich hab was Schlimmes gemacht, T.«

»Komm schon, steh auf«, sagte Jackie und packte ihren Arm, um ihr aufzuhelfen. Sein riesiger Kopf verdeckte den Mond und, als sie, an ihn gelehnt, weinte, das Feuer. Er roch nach Kohle und Whiskey.

Der Schläger

In der Stille zwischen Nacht und Tagesanbruch wachte Skeevy auf. Ihm war übel von seinem Traum. Er drehte sich auf die Seite und tastete nach den Beulen. Er hatte nur ein paar abbekommen, aber seine Knochen schmerzten von den Hieben mit Stühlen, und seine blutigen Fingerknöchel klebten am Laken. Die Bude war dunkel und so hohl wie eine Zisterne, und er hörte, wie seine Stimme sagte: »Bund«.

Der Traum war zu real gewesen, zu sehr wie der echte Kampf mit Bund, und er fragte sich, ob er wirklich versucht hatte, seinen besten Freund zu töten. Seine Mutter hatte ihn gebeten, das Boxen zu lassen, als sie den benommenen Bund aus dem Krankenhaus nach Hause brachten. »Schlag dich, wenn es denn sein muss«, hatte sie gesagt und den Verband über Skeevys Auge berührt, »aber mach es nicht noch mal ohne Bandagen. Verletze nicht noch mal einen.«

Trudy murmelte leise in ihrem Traum vor sich hin, und er glitt langsam unter der Decke hervor und versuchte dabei, die Federn nicht quietschen zu lassen. Er fühlte sich leer vom vielen Reden mit ihr und wollte nicht da sein, wenn sie wach wurde. Er zog sich an und kroch zum Kühlschrank. Es war nur noch etwas Kaninchen übrig. Trotzdem, es war Wild, und er musste es haben.

Draußen sickerte von Osten her ein Leuchten durch den Nebel und tauchte den Hügelkamm in rosarotes Licht. Skeevy wusste, dass auf der anderen Seite dieses Hügels Purserville lag, aber er wusste auch, dass das Leuchten nicht von seinen Lichtern stammen konnte. Er lief den westlichen Hügel Richtung Clayton hinauf und wünschte sich, er wäre noch weiter weg von Hurricane wie auch von Bund.

Als er die erste Kuppe erklomm, sah er in die Senke zurück, wo Trudy sicher noch schlief, und dann darüber hinaus bis zum Horizont, wo Bund auf einer Colakiste vor der Tankstelle saß und mit heraushängender Zunge um Kleingeld bettelte. Skeevy spürte seine Bauchdecke und sagte sich, dass es nur die Verdauung sei.

Beim Tagebaubergwerk setzte er sich auf einen Felsbrocken und aß das kalte Kaninchen, während er hinunter auf die Dächer von Clayton blickte: Am Laden, an der Kirche und an den Häusern des Werks glänzte das Blech nass vom Nebel. Er sah, wie ein Bergmann ein Stück Kette aus dem Maschinensaal stahl, wo Skeevy die Woche über arbeitete, schwor sich, ihn anzuzeigen, und vergaß das ebenso schnell wieder. Um die Häuser herum konnte er sehen, wo die Frauen Blumen gepflanzt hatten, aber die Pflanzen waren alle tot oder gingen von den ständigen Kohlenstaubniederschlägen gerade ein.

Kurz vor der Stadt, über die Straße jenseits der Baptistenkirche, gab es den »Wagen«, ein Speisewagen ohne Räder, den man zurückgelassen hatte, als es mit dem Holzbau zuende gegangen war. In der Sonntagssonne schimmerte die Ruine wie eine Muschelschale.

Skeevy warf seine Kaninchenknochen ins Gebüsch, damit die Hunde sie dort finden konnten, wischte sich die Hände an seiner Jeans ab und ging den Berg hinunter auf den »Wagen« zu. Als er über das mit Flaschenverschlüssen übersäte Pflaster vor dem Diner ging, blickte er zu der Stelle zurück, wo er gesessen hatte. Der Berg sah im hellen Sonnenlicht wie das Kerngehäuse eine Apfels aus.

Drinnen roch der Diner immer noch nach dem Schweiß und dem Blut vom Kampf der Nacht zuvor. Er schob die vergitterten Fenster nach oben und fragte sich, wie zehn starke Männer im »Wagen« Platz zum Kämpfen finden konnten. Er rieb sich die Fingerknöchel und lächelte. Gähnend stand er im Eingang, während er auf die Kaffeemaschine wartete, und sah durch den Nebel Trudys gelben Hosenanzug die Straße herunterkommen.

»Wo warst du?«, fragte er.

»Du machst dich wohl lustig über mich, Skeevy Kelly.« Lächelnd trat sie in die Einfahrt und schlang ihren Arm um ihn. »Du hast keinen Respekt vor mir. Einfach aufstehen und gehen, ohne Guten-Morgen-Kuß.«

»Und ob ich Respekt vor dir habe. Ich hätte Respekt vor dir, bis du nicht mehr laufen kannst.«

»Du machst dich schon wieder lustig. Was willst du heute machen?«

»Illegales Zeug verkaufen«.

»Hör auf mit dem Quatsch.«

»Ist kein Quatsch, Trudy. Ich muss für Corey arbeiten«, sagte er und sah, wie sie zu schmollen anfing.

»Immer diese alten Hahnenkämpfe …«

»Bleib doch da und rede mit Ellen.«

»Das letzte Mal, als das passiert ist, hab ich am Ende wie ein Hamburger gerochen.« Skeevy lachte, und sie umarmte ihn. »Ich gehe mal den Prediger besuchen, oder so.«

»Aber pass auf, das ›oder so‹ nicht so etwas ist«, sagte er und deutete mit dem Arm ein gewisses Stück an. Sie schlug auf seine Hand und entfernte sich entlang der Straße, bis er nur noch ihre gelbe Hose durch den Nebel flattern sah. Er mochte sie gerne, aber in ihrer Nähe fühlte er sich fett und faul.

»Hey, Trudy«, rief er ihr nach.

»Was denn?«, kam als Antwort von der nebligen Straße zurück.

»Pass auf, dass die Leute dich respektieren«, sagte er und hörte, wie sie im Dunst »ich schwör's …« seufzte.

Von der Kirche auf der anderen Seite der Straße war ein Gerumpel zu hören, als zwei betrunkene Bergleute die Holztreppe hinunterstolperten und die Straße hoch in Richtung der Häuser abzogen.

Skeevy nahm zwei Becher aus dem Regal, füllte sie und ging über die Straße zur Kirche. Durch die Glasfenster drang nur eine Spur von Licht. Der alte Diakon war dabei, mit dem Besen Flaschen zwischen den Kirchenbänken hervorzuholen, und führte leise Selbstgespräche, während das leere Glas dazu klirrte.

»Für dich, Cephus.« Er reichte ihm den schweren Becher. »Ohne den sollte man nicht anfangen.«

Der dünne alte Mann fuhr mit seiner Arbeit fort, bis Skeevy der Becher zu schwer wurde und er ihn auf einer Kirchenbank abstellte.

»Die haben sich ja eine richtige Schlägerei geliefert«, versuchte es Skeevy noch einmal.

»Ist nicht richtig, in einer Kirche zu trinken.« Der alte Mann sah von seiner Arbeit auf. Seine braunen Augen nahmen das trübe Licht auf. Er griff seinen Kaffeebecher und lehnte sich auf den Besen. »Wie viele?«, fragte er und blies den Dampf von seinem Gebräu.

»Gerade genug. Rund fünfundzwanzig pro Partei.«

»Ohhh", machte der alte Mann in einem schnulzigen Singsang. »Lass uns hier rausgehen. Der Herr wird mich strafen, weil ich mich mit Teufelszeug abgebe.«

Als sie draußen standen, bemerkte Skeevy, dass der alte Mann sich anstrengte, aufrecht zu stehen, und wegen der Schmerzen im Rücken das Gesicht verzog.

»Wer hat gewonnen?«, fragte Cephus.

»Clayton, schätze ich. Komm schon, ich muss dir was zeigen.«

Sie gingen über den Asphalt zu den Grundmauern der verlassenen Fabrik neben dem Diner. Jay Gibsons Lieferwagen lag dort unten, mit den Rädern in der Luft.

»Fünf Jungs aus Clayton haben ihn einfach da reingehauen.«

»Verdammt«, war alles, was Cephus sagen konnte.

»Keiner saß drin, aber das hat schon einen ziemlichen Lärm gemacht.«

»Das glaube ich.« Er blickte auf Skeevys Fingerknöchel.

Skeevy rieb seine Hand an seiner Jeans. »Ach, ich hab nur ein paar von denen einen Klaps gegeben, als sie lästig wurden. Diese Jungs nehmen das zu ernst mit dem Prügeln.«

»Ich wünschte, ich könnte noch«, sagte Cephus und sah wieder auf den zerstörten Wagen.

Skeevy blickte zu den gelben Kiefern auf den Hügeln im Westen: Die Art und Weise, wie das Licht sie berührte, erinnerte ihn an die Moorhuhnjagd mit Bund, wie sie sich, wenn sie einen halben Tag frei hatten, unter den verschlungenen Ästen trafen, an die komischen menschlichen Geräusche, die die Vögel machten, bevor sie losflogen, und wie ihr Genick immer schon gebrochen war, wenn sie sie aufhoben.

»Kümmerst du dich heute um den Saft?« Cephus schaute immer noch auf den Wagen.

»Klar. Wo ist der Hahnenkampf?«

«Ich denk mal, sie werden sich schon an dem einen oder anderen Ort treffen«, sagte er, während er Skeevy den Becher mit einem »Danke auch« reichte und wieder zur Kirche ging. Aus dem Augenwinkel warf Skeevy einen Blick auf den alten Mann, um zu sehen, ob er wieder in sich zusammensackte, aber das war nicht der Fall.

Er ging in den Diner zurück, warf die ausgeleierte Jukebox an und versetzte seinem Schatten ein paar Schläge. Er fühlte sich müde und briet sich nur einen Cheeseburger zum Frühstück.

Da die Frau ihm den Rücken zukehrte, schaute Skeevy die ganze Zeit auf die weichen braunen Haarwellen. Sie waren gewaschen. Hin und wieder warf ihr Begleiter einen Blick auf Skeevy, um zu sehen, ob dieser sie belauschte. Sie waren nicht von hier und unterhielten sich flüsternd über ihre Kaffeetassen hinweg.

Tom und Ellen Corey fuhren in ihrem Lieferwagen vor. Ellen warf lachend den Kopf zurück. Bevor sie hineinkamen, schauten sie sich noch einmal den umgestürzten Wagen in der angrenzenden Ruine an. Ellen lachte ihren kleinen Ehemann immer noch an, als sie eintraten und sich ans obere Ende des Tresens, weit entfernt von den Kunden, setzten.

Als er sich über den Tresen lehnte, um Coreys Geflüster mitzubekommen, fiel Skeevy das Weiße in Coreys blauen Augen auf. Den gleichen Blick hatte er schon bei Pferden gesehen, die in Panik geraten waren.

»In Jeb Simpkins Scheune«, flüsterte er. »Um eins.«

»Okay.«

»War alles mit ihm in Ordnung, als er ging?«, fragte Corey.

»Wer?«

Skeevy verzog keine Miene, während Ellen neben ihm hinter vorgehaltener Hand etwas zischte. Die Fremden hörten zu.

»Gibson, verdammt. Wie hart habe ich ihn rangenommen?"

»Zu hart. Du hast den Knüppel benutzt, weißt du noch?«

»Oh, Mist.«

»Stimmt«, sagte Skeevy, während Ellen plötzlich loslachte.

Skeevy nahm die Schlüssel und ging hinüber zum Wagen der Coreys. Auf der anderen Straßenseite schlurften Kinder, Frauen und alte Leute in die Kirche. Reverend Jackson und der Diakon begrüßten sie an der Tür und schüttelten ihnen die Hand. Cephus winkte Skeevy unbeholfen zu, und Skeevy gab ihm beim Einsteigen ein Zeichen, dass alles »okay« war. Er fragte sich, ob Cephus es sehen konnte.

Als der Wagen über den Asphalt rumpelte, lehnte sich Skeevy hinter dem Lenkrad zurück, ließ die Augen sinken und fühlte bei jedem Ruckeln des Wagens seinen Bauch wackeln. Er holte den Revolver unter dem Sitz hervor und suchte den Straßenrand nach Murmeltieren ab, die er erschießen könnte. Zwischen dem Diner und Coreys mit Kohlenstaub bedeckter Auffahrt sah er keines.

Aus dem Keller von Coreys Haus holte er Kisten mit Jack Daniel's und Old Crow, die Flasche zu vier Dollar, die er beim Hahnenkampf für acht verkaufen würde. Als er seinerzeit nach Clayton gekommen war, hatte er Bourbon gehasst. Er bemerkte die vielen Fliegen. In Hurricane würden sie jetzt leise über Bunds Zunge kriechen. Er machte eine Kiste auf, nahm eine Flasche und trank die Hälfte aus. Bevor das Zeug zu brennen aufhörte, war er an Simpkins Scheune angekommen und konnte die Hähne schreien hören.

Warts Hall, ein Hahnenkämpfer aus Clayton, kam mit einem Fremden aus der Scheune und sah, wie Skeevy die Flasche austrank.

»Hast du noch eine übrig?«, fragte Warts. Sein Gesicht war mit kleinen Krebsgeschwüren überzogen.

»Mehr als du brauchst«, sagte Skeevy und schlug die Decke zurück, die die Kisten verdeckte. Warts nahm sich zwei Flaschen Old Crow und reichte Skeevy einen Zwanziger.

»Bisschen teuer, was?«, sagte der Fremde, als er das Wechselgeld sah.

»Das hier ist Benny, der alte Ganove aus Purserville.«

»Ach, nur aus Pursie?«, fragte Skeevy.

Benny sah aus, als wollte er sich auf ihn stürzen.

»Na ja«, fuhr Skeevy fort, »ich mache die Preise nicht.«

Der Ganove tat so, als würde er das Etikett auf seiner Flasche lesen.

Gibson kam aus der Scheune, und Skeevy machte einen Schritt zur Seite Richtung Fahrerkabine, wo der Revolver versteckt war.

»Hast du für mich auch eine, Skeev?«, fragte Gibson.

»Klar«, antwortete Skeevy und ging zur Ladefläche. »Ich glaube, ich habe meine Zigaretten vergessen.«

Gibson bot ihm eine an, und Skeevy nahm sie, reichte dem Mann seine Flasche und steckte das Geld ein. Er bemerkte den gelben Ring um Gibsons Auge und Schläfe, wo ihn der Knüppel getroffen hatte. Gibson stand neben ihm und trank, während Skeevy die Kisten zählte und so tat, als wäre er verwirrt.

»Wo ist der Penner?«, fragte Gibson.

Lächelnd drehte Skeevy sich um. »Ich hab keinen blassen …«

»Wenn du ihn siehst, sag ihm, ich werde ihn schon finden.«

»Klar.«

Der Ganove folgte Gibson zurück in die Scheune, wo die Kampfhähne schon krähten.

Ein Wind kam auf, trieb die Wolken aus der Senke und hoch zum Himmel. Cally, Jebs Tochter, stand oben auf der Eingangsterrasse des Farmhauses. Skeevy beobachtete, wie sie ihn beobachtete. Er hatte Jeb bei der Arbeit über sie sprechen hören und wusste, dass sie in Huntington auf dem College gewesen war. Er glaubte Trudy, wenn sie sagte, dass Collegegirls alle nur nach reichen Jungs Ausschau hielten. Er schaute zu, wie sie in klobigen Holzschuhen die Stufen herunterklapperte, und als sie quer über den Hof zwischen ihnen ging, sah er, dass an ihr alles zu perfekt war, von den gewellten Haaren bis zu ihrer Jeans. Sie sah aus wie eines der Mädchen, die er im *Playboy* gesehen hatte, und er wusste, er würde sie nicht haben können, selbst wenn sie neben ihm stünde.

»Sie heißen Kelly, nicht wahr?« Ihre Stimme war genau wie alles andere an ihr.

»Ja«, sagte er, und wollte seinen Vornamen nicht nennen. Er wusste, sie würde lachen.

»Meine Mutter sagt, Sie wären mit dem Maschinenpistolen-Kelly verwandt …«

Er zog eine Kiste hinaus auf die Heckklappe, als wollte er sie ausladen, und wünschte, jemand hätte den Scheißkerl schon am Tag seiner Geburt erschossen.

»Er war ein Cousin von mir – zweiten oder dritten Grades –, und alle schämen sich irgendwie für ihn. Ich weiß gar nichts über ihn.«

»Ich hatte gehofft, Sie wüssten etwas. Ich schreibe ein Paper über ihn in Psycho.«

»Wie bitte?«

»Ein Paper in Psychologie.«

Skeevy fragte sich, ob sie Irre sammelte, wie Männer Kampfhähne sammeln. Er hob die Kiste hoch. »Kommst du zum Hauptkampf?«, fragte er.

»Das ist eklig.«

«Sie müssen nicht kämpfen, wenn sie nicht wollen", lächelte er und trug die Kiste ins Innere. Als er Cally noch immer an der Tür stehen sah, ging er zurück und holte noch eine. Langsam folgte sie ihm auf ihren klobigen Schuhen.

»Wo wohnen Sie?«, fragte Cally.

»In der Senke zwischen Purserville und Clayton.«

Sie schaute verblüfft. »Aber da ist doch gar nichts.«

»Stimmt«, sagte er und fragte sich, ob sie ihn in ihrer Sammlung neben seinen Cousin einordnen würde.

Sie guckten, wie Cephus' Wagen durch den Bach holperte und tropfend zur Scheune hinauffuhr. Ohne ein Wort hastete Cephus hinein, und Skeevy ließ Cally stehen, während er ihm mit einer weiteren Kiste folgte. Als er wieder hinauskam, hatte Corey sie schon am Wickel.

»Gibson sucht dich«, sagte er zu Corey.

»Darüber habe ich auch gerade mit Cally hier geredet …«

»Alles, was Mr. Gibson will, ist, seine Würde wieder herzustellen«, unterbrach sie ihn.

»Also dachte ich mir, wir veranstalten einen kleinen Kampf. Da du das Boxen ja im Blut hast, wäre ich bereit, dich einspringen zu lassen. Der Verlierer zahlt für den Lieferwagen – natürlich wäre ich auch bereit, das zu tun, aber ich weiß, dass du nicht verlierst.«

»Ich hab vor fünf Jahren mit dem Boxen aufgehört«, sagte Skeevy und spielte mit der Kette an der Heckklappe.

»Du bist schnell, Junge. Ich hab dich schon gesehen. Du musst nicht mal boxen. Tänzel Gibson einfach zu Tode«, lachte Corey. »Außerdem«, sagte er zu Cally, »schlägert Skeevy sich gerne.«

Sie kicherte.

»Verdammt, Schlägern ist was anderes. Das hier ist ernst.«

Cally kicherte wieder.

Er blickte auf das Weideland, auf dem die vom Wind getriebenen Wolken die Sonne kommen und gehen ließen. Auf halber Strecke den Abhang hinauf konnte er eine Stechpalme erkennen. Seine Mutter hatte Stechpalmen immer geliebt. Er hatte keinem je von seinem Versprechen ihr gegenüber erzählt; er wusste, sie würden lachen.

»Zweihundert Kröten«, hörte er sich selbst sagen.

Um Coreys Augen formten sich weiße Ringe, die aber schnell wieder verschwanden. »Die Hälfte deiner Einnahmen vom Alkohol«, fing er an zu handeln.

»Ich kann's auch ganz lassen«, sagte Skeevy und sah, wie Cally lächelte.

»In Ordnung«, sagte Corey. »Cally, du redest Jim gut zu. Du musst ihn dazu bringen, mit Samstag einverstanden zu sein.«

Skeevy sah ihr nach, wie sie in die Scheune ging, und dachte, Cally könnte Jim das alles wahrscheinlich vergessen machen. Aber er freute sich auf den Kampf und hatte allmählich Heißhunger auf Wildfleisch.

»Wo bleibt das Mittagessen?«, fragte er Corey.

In der Arena flatterten zwei Kampfhähne in Pirouetten umeinander. Skeevy schaute nicht zu und wettete auch nicht: Die neuen, kaum trainierten Hähne hatten noch keine Ausdauer und verbrachten den Großteil der Zeit damit, sich voneinander fernzuhalten.

»Aufhören«, brüllte Cephus. »Dafür ist unsere Zeit zu schade. Pause für einen Drink.”

Zehn Minuten lang ackerten sich Skeevy und Corey damit ab, Flaschen auszuhändigen und Wechselgeld auszugeben. Plötzlich gab es keine Interessenten mehr, und noch immer hatten sie den halben Wagen voll.

»Die Pursies kaufen nicht mehr bei mir, nach gestern Nacht«, flüsterte Corey. Bis auf eine halbe Kiste luden sie alles auf den Wagen zurück, und Corey brachte das Zeug zu sich nach Hause.

Skeevy ließ die halbe Kiste unbewacht zurück und ging zur Arena, um sich Warts' Vogel anzusehen, ein schwarzes Leghorn, dem man den Kamm bis auf Erdbeergröße zurückgeschnitten hatte. Warts setzte ihn im Hauptkampf gegen einen roten Kampfhahn mit schwarzer Brust ein. Skeevy sah zu, wie die Männer zwei Inch lange Klingen an den Sporen der Tiere befestigten. Neben ihm stand der Ganove und säuberte sich die Nägel mit einem Taschenmesser.

»Was willst du setzen, Benny?«

»Ich gebe dir acht-zu-zehn auf den Roten«, sagte er, während sein Messer tief unter den Nägeln nach Staubkörnchen suchte.

»Ich gehe mit«, sagte Skeevy. Sie legten das Geld auf den Boden zwischen sich und beobachteten, wie die beiden Besitzer die Vögel zusammenstießen und dann acht Fuß von der Mitte entfernt hinsetzten.

»Ring frei!«, brüllte Cephus. Die Hähne stolzierten aufeinander zu und trafen plötzlich in einer Wolke von Federn aufeinander.

Warts' Hahn wich zurück. Blut quoll glänzend aus einer Wunde unterhalb seines rechten Flügels.

»Gib mir …«, doch bevor der Wettende seinen Satz beenden konnte, gingen die beiden Vögel mitten in der Luft aufeinander los. Dann lag der Kampfhahn am Boden, niedergestreckt von den Sporen des Leghorns.

»Holt sie!«, sagte der Richter, aber keiner der Besitzer rührte sich; sie warteten auf neue Wetteinsätze.

»Verdammt, ich habe ›holt sie‹ gesagt«, ächzte Cephus. Die Vögel wurden gegeneinandergestoßen, bis sie anfingen zu hacken, und dann freigelassen.

»Gleichstand«, brüllte jemand. Benny beugte sich herunter, um das Geld einzusammeln, und Skeevy trat ihm auf die Hand.

»Hör auf!«

»Lass es liegen.«

»Du hast doch gehört, es ist Gleichstand.«

»Du hast gewettet, Ganove. Halt dich dran oder zieh Leine.«

Der Ganove ließ das Geld liegen.

Die Vögel wirbelten wild herum, und wieder stürzte sich das Leghorn auf den Roten und hieb seine Sporen in den Rücken seines Gegners.

»Holt sie.« Cephus wurde es langweilig.

Der Besitzer des Roten, ein Eisenbahner aus Purserville, schüttete Wasser über den Schnabel seines Vogels und blies ihm in den Mund, um Luft unter das gerinnende Blut zu pressen.

»Das ist eben nur ein Pursie-Hühnchen«, grinste Skeevy. Benny warf ihm einen bösen Blick zu.

Warts rieb seinen Vogel an dem Gegner, aber er reagierte nicht.

»Da gibt's nichts mehr zu kämpfen«, grummelte Cephus.

»Lass meinen Vogel nicht im Stich«, rief der Mann von der Eisenbahn. Seine Hände und sein Hemd waren mit Blut besprenkelt.

»Wenn ich so fertig wäre wie der Hahn da, bräuchte ich einen Grabstein. Pause – für einen Drink.«

»War mir ein Vergnügen«, sagte Skeevy zu Benny, als er sein Geld aufsammelte und zu der halbvollen Kiste zurückging. Nachdem er mit Ausnahme der beiden Flaschen in seinen Gesäßtaschen alles verkauft hatte, machte er sich zur Tür auf, um nach Cally Ausschau zu halten. Gibson verstellte ihm grinsend den Weg.

»Ich werde dich schon zum Schwitzen bringen«, warnte er.

»Schön«, sagte Skeevy«, wenn du dir das nächste Mal in die Hosen gemacht hast, komm einfach rüber zu Onkel Skeevy.«

»Bis Samstag«, lachte Gibson.

Draußen sah er sich nach Cally um, aber sie war nirgends zu sehen. Er lief den kleinen Weg zur Farm hinunter, überquerte die asphaltierte Straße und stieg dann die Hügel hoch zu seiner Bude. Als er die erste Hügelkuppe erreichte, sah er von Ohio Regen herüberziehen, und als er zu den winzigen Leuten zurückblickte, die er hinter sich gelassen hatte, konnte er Benny neben Cally stehen sehen. Er fragte sich, ob Benny wohl noch einmal seine Nägel säubern müsste.

Trudys Schweigen wurde immer durchdringender. Er goss sich noch einen Bourbon ein und fragte sich, warum ihm das verdammt noch mal nicht egal war. Als er das Licht anmachte, scheuchte er eine behaarte Winterfliege aus ihrer Ruhe auf. Er sah zu, wie sie gegen die Scheibe schlug und versuchte, irgendwohin zu einer anderen Fliege zu kommen, um sich dort zu vermehren und zu sterben.

»Es ist ja nicht so, als würde ich mit Joe Frazier boxen …« Er sah ihr beim Kochen zu und konnte sich nicht erinnern, wann sie sich dabei zuletzt solche Mühe gegeben hatte. »Hast du diese Bohnen genug abgeschmeckt, oder hast du nur keine Teller mehr?«

Sie schenkte ihm ein verhaltenes Lachen, drehte sich um und sah ihn grinsen. Dann bekam sie einen Lachanfall.

»Ich schwör, ich war so sauer auf dich …«, schnaubte sie und setzte sich.

»Dafür gibt's gar keinen Grund.«

»Und deinen Kampf gibt's auch nicht.«

»Bei zweihundert Kröten sieht das aber anders aus.« Er hatte es eigentlich nicht verraten und Bund das Geld schicken wollen. Einen Augenblick lang sah er, wie ihre Augen sich weiteten, dann blickte sie wieder nach unten, und er wusste, dass sie sich Sorgen machte wegen der Krankenhausrechnungen. Er schaute wieder der Fliege zu.

Draußen wurde der Regen heftiger und zeichnete Muster in den Schlamm. Im Fenster sah er, wie sich sein Spiegelbild vor dem trüben Licht draußen abzeichnete, und er spürte, wie sein Bauch knurrte. Vorsichtig berührte er die Narbe über seinem Auge und beobachtete, wie sein Spiegelbild das gleiche tat.

Er stand auf, öffnete das Fenster und ließ die schwarze Fliege hinaus in den Regen schwirren. Als er die tiefen Löcher sah, die die Regentropfen hinterließen, fragte er sich, ob sie es wohl schaffen würde.

»Warum essen Winterfliegen nichts?«, fragte er Trudy.

»Ich glaube schon, dass sie das tun«, sagte sie vom Ofen her.

»Nie«, sagte er und ging zum Spülbecken, um sich zu waschen.

An der Wand klebte ein Schnappschuss seines jüngeren Ichs, das hinterhältig hinter seinen acht Unzen schweren Handschuhen hervorsah. Da war ich noch gut in Form, dachte er und berührte das Bild. Da es fettverschmiert war, ließ er es hängen.

Trudy stellte das Abendessen auf den Tisch, und sie setzten sich.

»Glaubst du, das Geld würde für eine Hochzeit reichen?«, fragte sie.

»Vielleicht«, sagte er. »Wir können ja mal drüber nachdenken.«

Sie aßen.

«Habe ich dir schon erzählt, wie Bund und ich mal das Sunflower Inn zerstört haben?”

»Ja.«

»Ach so.«

Im rostfreien Stahl des Suppenautomaten konnte Skeevy sein verzerrtes Spiegelbild erkennen – es war genau genug, um seine Gesichtszüge zu spiegeln, nicht aber die Narbe über seinem Auge. Sein Mund und seine Nase waren mit zerrissenen Stoffstücken gepolstert, und das Atmen durch den Mund machte seine Kehle trocken.

»Zu fest?«, fragte Corey, als er die Bandagen um Skeevys Fingerknöchel wickelte. Skeevy schüttelte den Kopf und spreizte die Finger, um die grauen Arbeitshandschuhe aus Maultierleder übergezogen zu bekommen. Er verzog das Gesicht, um seinem Ekel Ausdruck zu verleihen, und seufzte.

»Na, du bist doch der verdammte Boxer«, sagte Corey. »Wo sind deine Handschuhe?«

Skeevy machte eine Geste, dass er nicht sprechen könne, und streckte die rechte Hand aus, um den Handschuh angezogen zu bekommen. Er wusste, es würde wehtun, mit diesen Handschuhen einen Schlag abzubekommen, aber er wusste auch, Gibson würde ihm noch stärker wehtun.

Um Coreys Lieferwagen hatte sich eine Traube von Menschen gebildet. Er hatte Ellen nach draußen geschickt, um ihn zu bewachen. Sie lehnte am hinteren Kotflügel und sprach zu einem langhaarigen Typen mit einer Kamera um den Hals. Cally trat aus der Menge, legte ihren Arm um den Langhaarigen und sagte etwas, was Ellen zum Lachen brachte. Skeevy drückte die Handschuhe fester um seine Knöchel.

Als Skeevy und Corey hinaustraten, war aus der Menge zustimmendes und verächtliches Gröhlen zu hören. Der Langhaarige machte ein Foto von Skeevy, und Skeevy hätte ihn am liebsten umgebracht. Sie bogen um den Diner und rutschten die Böschung hinunter zum frischgemähten Bachufer. Die Sonne war nur ein hellbrauner Punkt am schmutzigen Himmel.

Jim Gibson stand mit nacktem Oberkörper da, sein Bauch hing schlabberig über den Gürtel. Seine Haut war so weiß, dass Skeevy sich fragte, ob der Mann jemals ohne Hemd draußen gewesen war. Er grinste Skeevy an, und Skeevy schlug mit der rechten Faust in seine Handfläche und grinste zurück.

Es war alles andere als ein echter Kampf: Cephus läutete mit einer Kuhglocke, Gibson gelang ein Schwinger nach dem anderen, die ganze Meute fluchte über Skeevys Beinarbeit.

»Hör auf rumzurennen, alter Feigling«, brüllte jemand in der Menge.

Seiner Meinung nach waren die drei Minuten um, aber niemand sagte Cephus, er solle den Gong schlagen. Sechs Minuten waren um, und Skeevy wusste, der Gong würde nicht kommen. Gibson traf ihn am Kopf. Und noch mal. Jubel.

Skeevy versuchte, ihn auf den Hängebauch zu treffen, berührte ihn zweimal heftig, war aber vom Ergebnis enttäuscht. Er tänzelte wieder mehr herum und wich den Schwingern aus, weil er wusste, dass Gibson nur ein paar Mal ins Leere hauen musste, bis er ermüdete. Als er den Zeitpunkt für gekommen hielt, nahm er die geprellte Schläfe des Mannes ins Visier, erwischte sie mit der Linken und brachte ihn zu Fall. Schon kam der Gong.

Skeevy spürte ein Stechen im Auge und wusste, es war Blut: Und das war alles andere als ein echter Kampf. Es war verrückt – Gibson wollte ihn umbringen. Ich muss schauen, dass er langsamer wird, dachte er. Ich muss ihn stoppen, bevor er mich umbringt.

Cephus schlug den Gong. Diesem verdammten Gong kann man nicht trauen, dachte Skeevy. Was ist denn das, verdammt noch mal? Scheiße, ich kann nichts sehen. Brust. Ihm den Atem nehmen. Er zielte auf die weiche Ausbuchtung von Gibsons Brust und schlug hinein.

Als er seine rechte Gerade auf Gibsons Brustkorb plazierte, spürte Skeevy, wie die feinen Knochen seines Kiefers zu Bruch gingen, und er schmeckte Blut. Gibson ging nicht zu Boden, und Skeevy tänzelte herum, spürte die Schmerzen kaum. Wieder ging er mit einer Kombination die Schläfe an. Er wollte das Auge rausreißen und darauf herumtreten, fühlen, wie sich unter seinem Fuß der Druck aufbaute ... bis es platzte.

Als er zu Boden ging, konnte er durch den Jubel hindurch hören, wie Trudy kreischend seinen Namen rief. Einen Moment lang lag er auf dem kalten Boden des Sunflower Inn: Die Jukebox dudelte, und er hörte Bund husten.

Er wälzte sich auf die Seite.

Cephus goss Wasser über Skeevy, der das abgebissene Stück Zungenspitze ausspuckte. Gibson wartete, während Skeevy sich bis in die Hocke aufrichtete. Sein Kopf wurde klarer, und er wusste, er konnte jetzt aufstehen.

Die Toten ehren

Als ich zusehe, wie die kleine Lundy wieder einschläft, wünsche ich mir, ich hätte ihr nicht die Geschichte von den Moundbuilders[4] erzählt, damit sie mit dem Weinen aufhört, aber ich konnte nicht wissen, dass sie deren Augen, die sie beobachten, im Dunkeln sehen würde. Sie weinte wegen einer Katze, die von einem Auto überfahren worden war – ihre Katze, die vor einem Jahr überfahren worden war, aber erst heute hatte die arme Lundy das begriffen. Lundy ähnelt zu sehr ihrer Mutter. Ellen macht sich nie Sorgen, weil sie immer zu lange braucht, um das Wesentliche an einer Sache zu verstehen, und Ellen hat nie Schlafprobleme. Meine Leute waren, glaube ich, ein bisschen zu leidenschaftlich, aber Lundy ist die Tochter ihrer Mutter, nicht so nervös wie meine Leute.

Mein Großvater führte seine Leidenschaftlichkeit immer auf sein Shawnee-Indianer-Blut zurück, auf seine Mischlingsmutter, aber er war auch immer so wild auf diese Blutsachen. Er wusste sogar einen Fluch, mit dem man Blut stil-

---

4 Bezeichnung für die alten Indianervölker Nordamerikas, die *mounds* (= Grabhügel) errichteten. [Anm. der Übers.]

len konnte, aber ich erinnere mich nicht an die genauen Worte. Er war ein richtiger Mann des Waldes, und alle versuchten wir, ihn dann und wann hereinzulegen. Ray von der Zuckerfabrik schaffte es schließlich, aber da war Großvater schon ein alter Mann, und sein Hirn funktionierte nicht mehr richtig. Ray schlich sich einfach nur von hinten an ihn heran und legte ihm die Hand auf die Schulter, aber der alte Fuchs drehte sich nicht einmal um; er schüttelte nur den Kopf und sagte: »Das ist Rays Hand. Er ist der erste Kerl, der mich je reingelegt hat.« Ray hätte sich das auch sparen können, denn der alte Mann wurde nie mehr klar im Kopf, und bevor er starb, konnten wir ihn nicht dazu bringen, die Kleider anzubehalten.

Ich mache die Lampe aus und sehe keine Augen in Lundys Zimmer. Dann dämmert mir, warum sie solche Angst hatte. Gestern habe ich ihr kleine Geschichten übers Skalpieren und Umbringen erzählt und die Moundbuilders mit den Überfällen der Shawnee-Indianer vermischt. Lundy muss das mit dem Grabhügel auf der hinteren Weide in Verbindung gebracht haben. Morgen werde ich ihr das alles noch einmal erklären. Die einzige todsichere Sache, die ich über die Moundbuilders weiß, ist die, dass sie an einen Gott und an das Jenseits geglaubt haben müssen, denn sonst hätten sie niemals solche großen Gräber errichtet.

Ich ziehe meine Jacke über, trete hinaus in die neblige Nacht und gehe Richtung Stadt. Noch eine Stunde bis zum Morgengrauen, und beide Spuren der Schnellstraße sind leer, weshalb ich die gelbe Linie entlang laufe, die durch das Tal nach Rock Camp führt. Ich denke immer wieder an den

Sommer zurück, in dem ich und mein Kumpel Eddie diesen Grabhügel auseinandergenommen haben, um nach Pfeilspitzen und grün verfaulten Kupferperlen zu suchen. Wir hatten uns gerade bis zu dem guten Zeug hinabgearbeitet und holten Schädel in Hülle und Fülle heraus, als plötzlich Großvater aus heiterem Himmel auftauchte und brüllte: »Wah-pah-nah-te-he.« Er fuchtelte mit den Armen herum, und ich konnte sehen, dass Eddie kurz davor war, sich in die Hose zu scheißen. Ich wusste, dass das alles zu dem Indianer-Tamtam des alten Mannes gehörte, also blieb ich stehen, aber Eddie hockte sich hin, als würde er sich ergeben wollen.

Großvater machte weiter: »Wah-pah-nah-te-he. Ihr Bösen. Macht hier gefährliche Sachen. Jetzt legt schon die verdammten Knochen zurück, oder ich versohle euch eure jungen Ärsche.« Er sah zu, wie wir die Knochen wieder vergruben, dann ritzte er das Bild eines Mannes mit gezogenem Bogen in den Staub, der auf eine primitive Sonne zielte. »Geht jetzt nach Hause.« Er lief über die Weide davon.

Eddie sagte: »Du Roter Adler, ich Schwarzer Falke.« Ich wusste, er hatte ihm alles abgekauft. Damals konnte ich Eddie noch nicht sagen, dass Großvater die Leute mit diesen Indianer-Worten abfertigen würde, wenn er es mit einer Vierundsechzig-Dollar-Frage zu tun bekäme: *Wah-pah-nah-te-he* – beim Fett meines Hinterns.

Ich gehe also weiter und versuche, wie Ellen zu sein und die »Durchfahrt-auf-eigene-Gefahr«-Schilder an der Straße zu zählen. Die Ostrichtung schlägt die Westrichtung 26 zu 17. Zuhause schläft meine geliebte Ellen tief und fest und wird nie erfahren, wer gewonnen hat. Manchmal frage ich mich, ob Ellen Eddie bei seinem letzten Urlaub getroffen hat. Im

Nebel schwirren Leuchtkäfer herum, und ich zähle sie, bis mir klar wird, dass ich immer dieselben zähle. Mit Sicherheit würde Lundy sie Moundbuilder-Augen nennen und sie als Zeichen ohne Botschaft sehen, ihre eigene Botschaft herauslesen und Angst bekommen.

Von der Schnellstraße biege ich in die Front Street ein, passiere einige dunkle Schaufenster, sehe mich in ihrem Glanz vorbeigehen, mal scharf, mal unscharf, je nach Scheibe. Ich setze mich auf die Stufen der Old Bank und warte darauf, dass die Sonne über die Hügel kommt; warte, wie ich damals auf den Bus zur Musterung gewartet habe, nur dass ich dieses Mal kein Stück Seife in der Hand halte. Ich saß da und hielt das Seifenstück und fragte mich, ob ich es mir unter den Arm schieben sollte, um meinen Blutdruck so weit zu erhöhen, dass ich untauglich wäre. Mein Blutdruck war schon hoch, aber durch das Seifenstück würde er noch stärker steigen. Ich sehe mich auf der Front Street um und stelle mir Leute und Orte vor, an die ich seit Jahren nicht gedacht habe; und frage mich, ob das für Eddie auch so war.

Ich strecke meine Hand aus, als würde ich darin die Seife halten, und sehe, wie ihre Blässe das blaue Licht der lang erloschenen Straßenlampen aufnimmt. Und ich erinnere mich an Eddies ausgestreckte Hand auf grünem Filz, wie er mit gekrümmten Fingerknöcheln das Queue für einen knallharten Stoß beim 8-Ball umklammerte. Ich erinnere mich auch, wie er die Hand um den Stift legte, um beim Mathe-Test die Lösungen zu verbergen. Ich erinnere mich, wie seine Hand eine Pfeilspitze hielt oder eine Radmutter aufdrehte, aber an sein Gesicht kann ich mich nicht erinnern.

Es war Jahre her, an einem Decoration Day, mein Vater und einige andere Männer trugen ihre Eisenhower-Jacken, und ich spielte in der Kapelle. Im Regen marschierten wir durch die Stadt zum Friedhof; dann sah ich zu, wie sich die Männer bei jedem Befehl bewegten oder stillstanden, und die Abstände zwischen den Salven waren hundertprozentig genau; das Echo übertönte vier Mal das Klappen der Bolzenwaffen. Der Regen roch penetrant nach Gewehrfeuer und nach der nassen Wolle unserer Uniformen. Da gab es eine Pause, und der Dirigent hustete. Ich stand auf, um zu spielen, etwas aus dem Takt, und ein anderes Kind jenseits der Hügel antwortete auf meinen Zapfenstreich. Ich war zuerst fertig und setzte mein Horn ab. Als der letzte Ton durch den Nebel drang, traf er mich mitten ins Herz, und ich hätte schwören können, dass ich hörte, wie Eddies Armstümpfe auf den Sargdeckel schlugen, damit wir aufhörten.

Ich blicke nach unten auf meine Hand, die das Horn hält, das Seifenstück. Ich blicke auf meine Hand, die jetzt leer und älter ist und sage mir, dass in dieser Hand kein Seifenstück ist. Ich zähle alle fünf Finger mit der anderen Hand und sage mir, dass sie noch eine verdammt lange Zeit da dranbleiben werden. Ich ziehe eine Zigarette heraus und rauche. Auf der Schnellstraße rasen in der Dunkelheit die ersten Autos vorbei, weil sie wissen, dass noch kein Polizist auf den Beinen ist. Ich denke an Eddie, wie er aufs Gas drückt und mit mir die Schnellstraße runterrast nach Tin Bridge.

Es war ein strahlender Tag, aber weit vor uns war das Blinken all der Blaulichter zu sehen. Vor lauter Aufregung konnten wir nicht still halten, konnten nicht abwarten, uns zu vergewissern, was da passiert war.

Ich sagte: »Mensch, hast du das gehört? Ich hab schon geglaubt, sie hätten die Atombombe gezündet.«

»Gehört? Gefühlt habe ich es. Die ganze verdammte Erde hat gebebt.«

»Das Geräusch wird man ewig nicht vergessen.«

»Ganz sicher.«

Autos hielten mitten auf der Straße, und eine Menge Schaulustiger bildete sich. Eddie hielt hinter einem Streifenwagen am Straßenrand und bahnte sich dann seinen Weg durch die Menge. Er hielt sein Portemonnaie hoch, um sein Abzeichen von der freiwilligen Feuerwehr zu zeigen. Ich blieb zurück, aber durch die Lücke, die die Polizisten freimachten, sah ich, dass das Feuer schon gelöscht war. Alles, was von Beck Fullers Chevy übrig war, war der Kühlergrill, der Rest des Metalls hing von hinten drum herum. Am 51er-Kühlergrill hatte ich erkannt, dass es Becks Wagen war, und ich wusste auch, was passiert war. Beck fischte mit Dynamit und Sprengschnur, und er war bis zum Ende ein feiner Kerl. Beck wollte einfach nie begreifen, dass er die Schnur nicht bei dem TNT aufbewahren durfte.

Dann brüllte ein Polizist: »Alles in Ordnung, macht Platz für den Abschleppwagen.«

Eddie und die anderen Feuerwehrleute sammelten Stücke von Sportkamerad Beck in Tüten, und ich wandte mich ab, um nicht zu kotzen, aber der Geruch von verbranntem Haar trieb bis zu mir. Ich wusste, das kam vom Polster der alten Autositze und nicht von Beck, aber ich lehnte mich an den Streifenwagen und nahm mich zusammen. Ich wollte, dass mir nicht mehr übel war, weil es albern war, sich wegen so etwas zu übergeben. Über mein Würgen hörte ich, wie der Feuerwehrhauptmann Eddie anfuhr, er solle nur die großen Stücke aufsammeln und den Rest vergessen.

Eddie saß nicht hier mit einem Stück Seife in der Hand. Er hatte nie viele graue Zellen im Kopf, aber er glich das durch Stil aus, weshalb er hier nie mit einem Stück Seife in der Hand sitzen würde. Eddie dächte nie daran, sich die Zehen abzusprengen oder sich den Zeigefinger abzuhacken. Das war einfach nicht seine Art. Eddie war einer von der Sorte, die sich Hals über Kopf in Dinge stürzten, und wenn die Sache kippte, hätte er eher hundert Jahre durchgehalten, als klein beizugeben. Das war so seine Art.

Beim 8-Ball rieb ich meinen Queue mit Kreide ein, während Eddie anstieß. Die Billardkugeln knallten aneinander, aber keine ging rein, und ich bewegte mich um den Tisch herum, um mir einen Stoß auszusuchen. »Das ist doch verrückt, zur Armee zu gehen«, sagte ich.

»Verdammt – ich kann doch schweißen. Die stecken mich in die Schweißerausbildung, und ich sitze meine Zeit in Norfolk ab.«

»So viel Glück muss man erst mal haben.«

»Komm schon, Adler, geh mit mir zu den Kumpeln.«

»Ich und Ellen haben Pläne. Ich lasse es mal drauf ankommen, wie beim Lottospielen.«

Ich machte einen Stoß und bekam drei rein.

»Pures Glück«, sagte Eddie.

Ich versenkte die anderen vier, spielte die achte Kugel an die Bande, trat einen Schritt zurück und grinste in seine Richtung. Die Kugel lief so, wie ich wollte, aber ich hätte nie gedacht, sie richtig gespielt zu haben, und ich blickte Eddie nicht an, sondern grinste nur.

Ich schmeiße meine Zigarette in den Rinnstein, und sie leuchtet im blauen Straßenlicht orange weiter. Ich denke daran, dass dieses Glühen für Lundy wieder wie ein Auge aussehen würde, und denke, dass sie nach einer Weile so viele Augen in der Nacht sieht, dass sie ihr nichts mehr ausmachen. Die Augen werden verschwinden und nie mehr wiederkommen, und selbst wenn ich ihr davon erzähle, wenn sie groß ist, wird sie sich nicht erinnern. Dann werden ihr wirkliche Augen Angst genug machen. Sie ist Ellens Mädchen, und manchmal möchte ich Ellen fragen, ob sie Eddie bei seinem letzten Urlaub getroffen hat.

Vor langer Zeit stand ich mit meinem Vater im kalten Abendschatten der Scheune, um zu rauchen; er bückte sich, nahm eine Handvoll Kiesel und schnippte sie mit dem Daumen weg. Er dachte darüber nach, was ich über Kanada gesagt hatte, und jeder Kiesel, der herunterfiel, war wie ein kleines Klicken seiner Gedanken; dann stand er auf und klopfte sich den Staub von den Handflächen. »Mir hat das nicht so viel ausgemacht«, sagte er. »Ich und Howard entdeckten im Schützengraben die Religion des Wegduckens – und dachten nie daran, wegzulaufen.«

»Aber Dad, als ich Eddie in diesem Plastiksack gesehen habe ...«

Er brüllte: »Warum zum Teufel hast du hingeschaut? Wenn du's nicht aushalten kannst, dann schau nicht hin. Glaubst du, ich habe so was nicht gesehen? So was und noch viel Schlimmeres, mein Gott.«

Ich reibe mit der Hand über mein Gesicht, lege den Arm fester um meinen Nacken und denke, dass ich zuhause sein und neben Ellen schlafen sollte. Ich denke, wenn ich neben Ellen schlafen würde, wäre es mir egal, wer gewonnen hat. Ich würde nicht zählen oder wissen wollen, was die Zeichen bedeuten, und ich wäre nicht wie ein Hund, der nach irgend etwas Totem sucht, um es auszubuddeln.

Als Eddie im Ausbildungslager der Armee war, saßen ich und Ellen um Mitternacht nackt auf dem Speicher und kratzen an Flohstichen und an den Stellen, die vom Heu juckten. Sie kramte in einer Kiste mit alten Büchern und Papieren und holte ein Bündel Briefe hervor, das mit einer Schnur aus Seegras zusammengebunden war. Ihre Taschenlampe blendete mich, als sie zu mir zurückkam, und während ich sie durch die farbigen Streifen Licht ansah, die in meine Augen fielen, wusste ich, dass sie meine Frau werden würde. Sie warf mir das Bündel in den Schoß, und ich sah die alten »Victory-Mail«-Umschläge der Kriegsbriefe meines Vaters. Ellen legte sich flach auf den Rücken, lehnte ihren Kopf an meinen Oberschenkel, und ich nahm die Taschenlampe in die Hand, um die Briefe zu lesen.

»*Liebe Leute. Wir sind in* – der Name ist ausgeschnitten.«

»Warum?« Sie drehte sich auf den Bauch und sah zu mir auf.

Ich zuckte mit den Schultern. »Vermutlich wusste er nicht, dass er das nicht schreiben durfte. *Es ist schrecklich, wie sie die Leute behandeln. Ich habe einen gefangenen Russki halb verhungert auf der Straße gefunden und ihn in ein deutsches Haus mitgenommen, damit er einen Happen kriegt.*« Ich spürte Ellens Zunge innen an meinem Oberschenkel und bekam eine Gänsehaut. Ich versuchte, weiterzulesen. »*Sie wollten nichts für ihn tun, bis ich mit dem Gewehr herumfuchtelte, und Howard machte ein Höllentheater, bis ich diesen Russki eine einzige verdammte richtige Mahlzeit habe essen sehen.*« Ich knipste die Taschenlampe aus und legte mich neben Ellen. Diese Geschichte hatte er nie erzählt.

Aber jetzt ist es nicht mehr so einfach wie damals, nicht mehr leicht, ein Teil von Ellen zu sein, ohne zu wissen oder wissen zu wollen, welches Netz unsere Küsse entstehen lassen. Es war leicht, das Haus mit einem Stück Seife in der Tasche zu verlassen; der schwierigste Teil war, hier zu sitzen, es anzuschauen und sich zu erinnern.

Zwischen den Unterrichtsstunden lief ich mit den anderen Schülern durch die Eingangshalle, und da stand Eddie oben an der Treppe. Er grinste mich an, aber es war nicht mehr sein Gesicht. Sein Gesicht hatte sich verändert; es war ein Gesicht, das rot angelaufen war, weil die anderen Jungs über seine Uniform kicherten. Er stand da, als hätte einer »Rührt Euch!« gesagt, seine Matrosenmütze baumelte an seinem Gürtel. Den Kopf hielt er zurückgeneigt, um zu mir herunter zu sehen, dann bewegte er die Hände hin und her wie Jackie Gleason, wenn der beim Poolbillard einen »Jetzt-geht's-los«-Stoß setzte. Wir gingen durch die Eingangshalle, um meine Bücher loszuwerden.

»Bist du auf Urlaub?«, fragte ich.

»Ganz gefährlich. Bedeutet nämlich, dass ich verlegt werde.«

»Wie lange bleibst du?« Ich fummelte an dem Zahlenschloss für mein Schließfach herum.

»Zehn Tage«, sagte er, dann warf er einen kurzen Blick auf die kleine Fahne, die verkehrt herum auf meiner offenen Schließfachtür klebte. »Du Trottel.«

Ich sah ihm nach, bis er auf dem Weg die Treppe hinunter aus meinem Blickfeld verschwand, dann nahm ich meine Bücher und ging in das Klassenzimmer.

Das untere Ende meiner Handfläche ist tief unter der Haut mit schwarzen Punkten übersät: Reste vom Sturz auf eine Aschenbahn beim Staffellauf. Die Haut hat sie versiegelt, und es würde viel kosten, sie da rauszuholen. Manchmal will Ellen Krankenschwester spielen und sie mit einer Nadel herauspuhlen, aber das erlaube ich ihr nicht. Manchmal möchte ich Ellen fragen, ob sie Eddie bei seinem letzten Urlaub getroffen hat.

Der Sportlehrer sagte, ich dürfe den Wettlauf nicht mitmachen; denn jemand, der nicht hinter seinem Land steht, gehört nicht in eine Mannschaft. Also saß ich unter der überdachten Brücke und wartete, bis ich nach Hause gehen konnte. Jedes Auto, das über die Brücke fuhr, ließ ein wenig Staub durch die Planken rieseln, der mein Haar wie Puder überzog.

Ich sah zu, wie der nahe Fluss vorbeifloss, seine Strömung war langsam, aber das Wasser schlammig wie bei den Bildern von Flüssen, die ich in den Nachrichten gesehen hatte. Im Geschichtsunterricht hatte der Lehrer gesagt, die Truppen der Konföderierten hätten die Brücke angegriffen und sie genommen, aber dann seien sie von einer Handvoll von Leuten aus Shermans Truppen auf dem Company Hill aufgehalten worden. Johnny Reb hatte aus diesem Fluss getrunken. Die Handvoll Leute verbrachte einen Frühling auf dem

Company Hill. Johnny kriegte Typhus und kratzte ab, und die Yankees zogen nach Süden ab. Ich stand also da und klopfte mir den Staub ab. Mein Haar wurde länger, nachdem Eddie abgetreten war, und ich wusch es jeden Abend.

Ich stecke meine Faust unter den Arm, wie das Stück Seife, und sehe zu, wie die Adern auf meinem Handrücken durch den Druck anschwellen. Es sind Narben zurückgeblieben, wo ich mir beim Anhängen von Scheibenpflug oder Egge an meinen Traktor die Haut abgeschürft habe; sie sind wie die Narben meines Vaters.

Wir gingen die Felder ab, kontrollierten das junge Zuckerrohr auf Fäule und Ungeziefer, und die Abendsonne gab dem geschniegelten Haar meines Vaters Glanz. Er kaute an seinem Pfeifenstiel, dann stand er auf einem Bein, das andere über das Knie gelegt, und schlug mit der Pfeife an seinen Schuh, damit der Tabak herausfiel.

Ich nahm meinen ganzen Mut zusammen: »Meinst du, ich könnte aufs College gehen, Dad?«

»Was ist dein Problem mit der Landwirtschaft?«

»Na ja, Sir, nichts, wenn es das ist, was man für den Rest seines Lebens machen will.«

Er kam durch die Zuckerrohrreihen auf mich zu, und meine Linke hob sich zur Deckung, wie Eddie es mir beigebracht hatte, die Rechte unten und eng am Körper.

»Clever«, sagte er. »Wirklich clever. Wann bist du dran?«

Ich kam aus der Deckung. »Wenn ich mit der Schule fertig bin – es ist die einzige Möglichkeit für mich, da rauszukommen.«

Er stopfte die Pfeife, drehte sich auf dem Absatz herum, als suchte er etwas, dann blieb er stehen und blickte auf die

Hügelkette. »Das liegt alles nur an deinem verdammten Namen. Dad hat das schon bei deiner Geburt gesagt: Nenn ihn William Haywood, hat er gesagt, und wenn er je in ein Bergwerk gehen sollte, hoffe ich, dass er dort erstickt.«

Ich fand, dass das ziemlich beschissen von Großvater war, aber ich beobachtete Dad und hoffte, er würde mich gehen lassen.

Er fing wieder an: »Alle gehen heute aufs College, um was Besseres zu werden. Also, wenn alle in diese Richtung gehen, ist es Zeit, sich umzudrehen und den anderen Weg einzuschlagen, hörst du?« Er deutete mit den Händen in zwei Richtungen. »Ist mir doch egal, ob die am Ende Goldklumpen scheißen, jemand muss doch den verdammten Boden beackern. Jemand muss das doch machen.«

Und ich sagte: »Jawohl.«

Der Himmel ist dunkelblau, und der Nebel ist wie kalter Rauch, der nahe am Boden bleibt. In diesen ersten Lichtstrahlen sieht meine Hand blau aus, aber nicht kalt; früher oder später wird sie kalt werden, aber jetzt ist meine Hand warm.

Oft hat mein Großvater vom letzten Streik erzählt, bevor er die Zeche verlassen hat und in das Tal gezogen ist, um etwas Ruhe zu bekommen. Wenn er das erzählte, hörte er auf mit dem Indianer-Tamtam, als würde vor seinen Augen alles noch einmal geschehen, und schon bald fing ich an zu glauben, dass die Baldwin-Bullen[5] hinter *mir* her waren. *Ich*

---

5 Gemeint ist ein privates Detektivbüro (Baldwin-Felts Detective Agency), das von Grubenbesitzern in West Virginia angeheuert wurde, um gegen streikende Bergleute vorzugehen. [Anm. der Übers.]

rannte durch den Wald, bis meine Lungen bluteten. *Ich* konnte die Baldwin-Leute und ihre Hunde im dunklen Wald hören, und *ich* konnte mich erinnern, wie Maschinengewehre die Streikposten niedermähten, und das einzige, woran *ich* denken konnte, war, dass die Idee einer Einheitsgewerkschaft jetzt endgültig gestorben war. Dann konnte ich es in meinem Mund schmecken, das Blut schmecken, das aus meinen Lungen aufstieg, die Rinde einer Baumwurzel spüren, wo ich hinfiel und einschlief. Als ich die Augen öffnete, fühlte sich mein Magen komisch an, fühlte ich mich beobachtet. Da waren keine knackenden Zweige, nur das Gefühl, etwas sei zu nah. Als mir bewusst wurde, dass das ein Mann war, ein einzelner auf der Jagd nach mir, zog ich den Revolver. Ich konnte ihn atmen hören, zielte auf das Geräusch und wusste, dass ich ihn erst im Mündungsfeuer richtig sehen würde. Ich wusste, mein ganzes Leben hatte ich gelebt, um diesen Mann zu töten, diesen verdammten Baldwin-Mann, und doch konnte ich es nicht tun. Ich hörte, wie er wegging, den Hügel hinunter, auf der Jagd nach seiner verlorenen Beute.

Ich verschränke die Arme ganz fest, wie an dem Morgen, als der Bus hielt. Ich dachte an meinen Großvater, und das Seifenstück steckte unter meinem Arm. Bei der Musterung war mein Blutdruck jenseits von Gut und Böse, und sie behielten mich für vier Tage da. Der Blutdruck ging aber nicht runter, und am vierten Tag erhielt ich per Nachsendung einen Brief. Ich las ihn im Bus nach Hause.

Eddie schrieb, er sei mit einem Haufen Marineinfanteristen unterwegs und repariere die Funkausrüstung im Feld. Er schrieb, die Leute vom United States Marine Corps würden ihn hassen, weil er Soldat in der Navy war. Er schrieb, der Fraß, den sie bekämen, sei mies, die Unterkünfte lausig, und die linke Seite seiner Brust würde langsam gelb, weil er nachts immer Kippen unter dem Hemd versteckte. Und er schrieb auch, er wüsste jetzt, wie sich der Typ fühlte, den David in die Schlacht schickte, damit er sich die Frau des Typen angeln konnte. Eddie schrieb, er wolle sich Ellen angeln, ha, ha. Er sagte, er würde heiraten und mir seine Frau überlassen, wenn ich ihn da rausholte. Er schrieb, dass die Bierdosen aus der Schlitz-Brauerei[6] kämen, er sei aber sicher, dass etwas anderes drin wäre. Eddie war sich sicher, das der CO[7] schwul sei. Er schrieb, er würde Ellen gerne nackt ausziehen, aber wenn er in dieser Einheit bleiben würde, würde er eher mich nackt ausziehen wollen, wenn er zurückkäme. Er fragte, ob ich noch wüsste, dass er mir beigebracht hatte, Blutegel mit Zigaretten wegzubrennen. Eddie schwor, er hätte das aus einem Film, in dem der Held stirbt, weil er keine Zigaretten mehr hat. Er schrieb, er hätte eine Menge Zigaretten. Er schrieb, er könnte sich nie für Orientalinnen erwärmen, denn die hätten keine Haare auf ihrer Möse, und er wettete mit mir, welche Farbe Ellens Schamhaare hätten. Er schrieb, sie hätte zwar braune Haare, aber ihre Schamhaare seien rot. Er schrieb, ich solle daran denken und Ellen von ihm grüßen, bis er zurückkäme. Manchmal möchte ich Ellen fragen, ob sie Eddie bei seinem letzten Urlaub getroffen hat.

---

6 Joseph Schlitz Brewing Company in Milwaukee, Wisconsin [Anm. der Übers.].

7 Commanding Officer [Anm. der Übers.]

Als ich zurückkehrte, kam mir Ellen an der Tür des Wohnwagens entgegen, umarmte mich und fing zu weinen an. Man konnte schon ziemlich gut sehen, dass sie Lundy im Bauch hatte, und ich sagte ihr, in Eddies Brief stünde, ich solle sie grüßen. Sie weinte noch mehr, und ich wusste, dass Eddie nicht zurückkommen würde.

Tageslicht verwandelt die Hügelkette in grünes Feuer, verändert die Farben des Nebels, färbt die Backsteinstraßen von Rock Camp rötlich ein. Die Straßenlampen flackern zum letzten Mal, und die Ampel an der Gabelung der Front Street schaltet sich ein. Sie stoppt niemand, warnt niemand und lässt niemand weiterrasen.

Ich stehe auf, und meine Gelenke knacken vom zu langen Sitzen, aber mein Gesicht wird von der Morgensonne gewärmt. Ich steige die Stufen zur Old Bank hinauf und zeichne ein Gespenst in die Schmiere auf dem Fenster. Ich rede mir ein, das Gespenst sei das von Eddie, und wische es mit dem Ärmel weg, dann sehe ich den Bus die Schnellstraße herunterkommen und den Morgen zerreißen. Ich gehe die Straße entlang, damit er nicht für mich anhält. Ich kann nicht weggehen, und ich kann auch nicht machen, dass Eddie verschwindet, also gehe ich nach Hause. Und während ich die Straße entlang laufe und der Bus an mir vorbeifährt, wette ich eine Million, dass meine Lundy schon wach ist und Trickfilme anschaut, und ich wette, ich weiß, wer gewonnen hat.

So, wie es sein muss

Alena trat unter das Vordach des Tastee Freeze und sah hinaus in den Regen, dessen Tropfen Krater mit kleinen Wolken in den Staub sprengten. Als es aufhörte, rauschten Autos durch Wirbel von Dunst über den Highway. Sie stand neben dem vergitterten Fenster des Diners und starrte durch die dreckige Scheibe auf leere Gefrierschränke und Fenstersimse, die übersät waren mit vertrockneten Fliegenskeletten. Ein gutes Stück den Parkplatz hinunter stand eine Telefonzelle, aber während sie Kreise in die Kronkorken und den Kies zeichnete, wurde ihr klar, dass sie nicht zuhause anrufen konnte.

Sie setzte sich auf den Rand einer Stufe neben dem Trinkwasserbrunnen aus Porzellan und beobachtete, wie Harveys Kopf gegen das Autofenster sackte. Sein Pistolenhalfter wölbte sich über seinen Schultern. Sie spürte, wie sich ihr Magen zusammenzog, und versuchte, sich die Augen zu reiben, ohne sie zu verschmieren. Sie wollte das alles nicht, aber sie wusste, Harvey würde sich nie ändern. Sie lachte ein bisschen; sie war aus West Virginia nur gekommen, um die Cowboys zu sehen, aber das ganze Land hier war bebaut und eingezäunt. Weite befreite sie und machte ihr zugleich Angst.

Harvey räkelte sich und kurbelte das Fenster hinunter. Eine schmale weiße Spur getrockneten Speichels zog sich über sein Kinn. »Willste fahren?«, fragte er.

Sie bewegte sich auf den Wagen zu. »Die ganze letzte Nacht über habe ich mir Sorgen gemacht. Heute ist Mutters Einmachtag.«

»Hör auf«, sagte er. »Du hast doch das Recht, auszugehen.« Er straffte das Pistolenhalfter und zog seine Jacke über.

»Magst du dieses Ding?«

»Die spürt, wenn's losgeht.«

»Wenn sie dich damit im Hafturlaub erwischen, kriegst du noch mehr.«

»Hör auf, es ist zu früh«, sagte er und griff nach einer Zigarette.

Während sie fuhr, sah Alena, wie sich der Dunstschleier lichtete, aber nicht wie Tau. Er hinterließ vielmehr einen Staubschleier, und vor ihnen nahm der Dunst noch zu. Als sie Oklahoma City umfuhren, wurde er ziemlich dick, und die Hitze klebte auf ihrer Haut. Sie hielt an einem Hamburger-Stand, und Harvey stieg aus, während sie die Karte studierte. Am Rand der Karte lenkte ein Bild von der Cowboy Hall of Fame ihre Aufmerksamkeit von der Strecke ab. Harvey kam mit einer Tüte voller Sandwiches und Kaffee zurück.

»Harv, lass uns hierhin fahren«, sagte sie und zeigte ihm das Bild.

Er warf einen Blick darauf, dann packte er ihren Oberschenkel unterhalb des Schritts und küsste sie. »Dafür ist
danach noch genug Zeit.«

Während sie aßen, holte Harvey einen Zettel aus seiner
Hemdtasche und warf einen Blick auf die Karte. Dann
starrte er lange auf das Armaturenbrett und dachte nach.
Alena beobachtete, wie er die Augenbrauen zusammenzog,
aber sie konnte nicht von ihm verlangen, es sein zu lassen.
Sie hoffte, Harvey war schlau genug, ihn nicht umzubringen.

Harvey setzte sich ans Steuer, und sie fuhren eine kleine
Nebenstraße entlang bis zu einer Farm. Alena sah zu, wie
das Land vorbeiglitt und in der Hitze immer flacher und
länger wurde. Der immer noch dichte Dunst verbarg den
Horizont, und sie wünschte, sie würde einen Cowboy sehen.

Das Treppenhaus war leer und ruhig, dennoch zogen sich
Alenas Nerven zusammen, als sie Harvey ansah. Er ging
schwankend, und seine Augen standen überkreuz vom
Whiskey. Zwei Treppen höher öffneten sie ihre Tür. Das
Zimmer war klein und altmodisch und ging auf die Straße,
wo der Staubsturm das Straßenlicht gelb färbte. Harvey zog
seine Jacke aus, öffnete seinen Rucksack und zog die Whis-
keyflasche heraus. Er zitterte, und seine Pistole klapperte
lose in ihrem Halfter.

»Mein Gott, Harvey«, sagte sie und setzte sich aufs Bett.

»Hältst du wohl das Maul?«

Sie sah es noch vor sich: Der Mann streckte die Hand aus,
und Harvey verpasste ihm drei Kugeln in die Brust. »Ich
habe Angst«, sagte sie und konnte die alte Frau nicht verges-

sen, die unter dem Vordach saß und Bohnen schnippelte. Alena fragte sich, ob sie immer noch dort saß, mit geöffnetem Mund und ihrem Sohn tot im Hof.

»Trink was«, sagte Harvey. Er hatte aufgehört zu zittern.

»Ich muss kotzen.«

»Dann kotz doch, verdammt.« Er rieb seinen Nacken.

Sie stand am Waschbecken und schaute in den Abfluss, aber nichts kam ihr hoch. »Was machen wir jetzt?«

»Hierbleiben«, sagte er, leerte die Flasche und suchte nach der nächsten.

»Tut mir leid, dass ich Angst habe«, sagte sie und drehte das Wasser auf, um sich das Gesicht zu waschen.

»Leg dich hin«, sagte Harvey, der am Fenster stand.

Alena setzte sich auf den Stuhl neben dem Waschbecken und beobachtete Harvey. Mit halb geleerter Flasche lehnte er sich an den Fensterflügel. Er war nicht mehr der Mann, den sie in den Hügeln gekannt hatte, er kam ihr dünn und so niederträchtig vor, und jetzt wusste sie, dass er ein Mörder war und dass die Pistole, die er immer mit sich herumtrug, funktioniert hatte. Alena war jetzt nicht mehr Teil von ihm; es ging so leicht zuende, dass sie sich fragte, ob sie sich je geliebt hatten.

»Wir gehen nach Mexiko und heiraten«, sagte er.

»Ich kann nicht, ich habe zuviel Angst.«

Harvey drehte sich zu ihr. Das gelbe Straßenlicht schien auf sein Gesicht und seine Brust.

»Die ganze Zeit, als ich eingesessen bin«, sagte er, »habe ich auf zwei Dinge gewartet: ihn umzubringen und dich zu heiraten.«

»Ich kann nicht, Harvey. Ich wusste das nicht.«

»Was? Dass ich dich liebe?«

»Nein, das andere. Ich dachte, es wär nur Gerede.«

»Ich rede nicht«, sagte er und nahm einen Schluck.

»Gott, ich würde mir wünschen, du hättest es nicht getan.«

»Was willste denn? Zurück in die Hügel?«

»Ja, ich will das hier nicht mehr. Ich hasse es.«

Er zog seine Pistole und zielte auf sie. Sie saß still, sah ihn mit vor Angst geweiteten Augen an, lehnte sich über den Stuhl und erbrach einen Schwall gelbe Galle. Als sie mit der Husterei aufgehört hatte und sich das Kinn abwischte, saß Harvey zusammengesackt in einer Ecke. Die Pistole baumelte in seiner Hand.

»Du verdammtes Miststück«, murmelte er. »Jetzt brauche ich dich, und du bist ein verdammtes Miststück.« Er hob die Pistole an seine Schläfe, aber Alena sah ihn lächeln. Er stieß Luft durch die Lippen und schob die Pistole in ihren Halfter zurück.

»Ich geh saufen«, sagte er und stand auf. »Mach, was du willst. Ich komme nicht zurück.« Sie konnte hören, wie er unten in der Eingangshalle gegen die Wände stieß.

Alena wusch sich, dann machte sie das Licht an. Ihre Augen hatten Ränder und waren rot, ihre Lippen aufgesprungen. Sie schminkte sich und ging hinaus.

Als sie die Straße hinunterging, trieb der Wind Zeitungen gegen ihre Knöchel, und sie betrat ein Café, das eine Aushilfe suchte. Das Mädchen hinter dem Tresen sah gelangweilt aus. Alena bestellte ein Bier. »Ihr braucht eine Aushilfe?«

»Jetzt nicht, nur am Morgen. Komm morgens und frage nach Pete. Er wird dich wahrscheinlich einstellen.«

»Danke«, sagte sie und nippte an ihrem Bier.

Weiter hinten stand ein Telefon, und Alena nahm ihr Bier dorthin mit. Sie wählte, und es klingelte zweimal.

»Hallo, Mama.«

»Alena.« Die Stimme zitterte.

»Ich bin in Texas, Mama. Bin mit Harvey hier.«

»Mit dem Abschaum hängst du rum. Wir haben euch verwöhnt und verdorben, das haben wir getan.«

»Ich wollte nur nicht, dass ihr euch Sorgen macht.«

Eine lange Pause entstand. »Komm schon zurück, Alena.«

»Ich kann nicht, Mama. Ich hab einen Job. Ist das nicht großartig?«

»Das oberste Regal aus dem Schrank ist rausgefallen, ein schlimmes Durcheinander. Ich habe mir schon Sorgen gemacht, dass das ein Zeichen sein könnte.«

»Nein, Mama, alles in Ordnung, hörst du? Ich habe einen Job.«

»Die ganze Marmelade, die wir gelagert haben, ist kaputtgegangen.«

»Schon in Ordnung, Mama, du hast doch noch eine ganze Menge übrig.«

»Stimmt.«

»Ich muss los, Mama. Hab dich lieb.«

Das Telefon klickte.

Die Nacht wurde jetzt ruhiger, und eine Menge Staub formierte sich zu Wirbeln am Bordstein. Während sie zum Hotel zurücklief, fühlte Alena sich besser. Harvey war verschwunden, aber das war egal. Sie hatte einen Job und war in Texas.

Als sie durch das Foyer des Hotels ging, lächelte der Mann am Empfang ihr zu, und sie mochte das. Aber auf dem Treppenabsatz vor ihrem Zimmer wartete Harvey. Zigarettenstummel lagen um seine Füße herum, er war zerzaust und sah zerschlagen aus.

»Ich bin zurückgekommen, um mich zu entschuldigen«, sagte er und stand auf, um sie in den Arm zu nehmen. Sie warf sich an ihn.

»Nichts hat sich geändert«, sagte sie. »Ich bleibe hier.«

»Das ist alles?«

Sie nickte. »Ich habe einen Job gefunden, darum habe ich daheim angerufen. Alles ist in Ordnung.«

»Können wir oben weiter reden?«

»Klar«, sagte sie.

»Dann lass uns reden«, und seine Hand streifte den Revolver, als er nach der nächsten Zigarette langte.

Meine Rettung

Chester war cleverer als jede Schmeißfliege, weil Chester schon weg war, bevor die Scheiße fiel. Aber Chester hatte zwei Probleme: erstens, er hatte Erfolg, und zweitens, er kam zurück. Das sind nun nicht eure amerikanischen Durchschnittsprobleme wie Trinken, Drogen, Ficken oder Geficktwerden, weil Rock Camp in West Virginia weder ein Anlass für eure Durchschnittsprobleme ist noch eure durchschnittliche Hinterwäldlerstadt.

Ihr habt noch nie einen Spiegel zerbrochen, seid noch nie unter einer Leiter durchmarschiert und habt Sankt Paddy's Day noch nie richtig gefeiert – dann habt ihr von Rock Camp noch nie etwas gehört. Wenn ihr aber ein Rad verloren habt, von den Tragflächen eines Doppeldeckers gefallen seid oder euch mit der linken Hand bekreuzigt habt – dann kennt ihr den Namen. Die drei letzten Methoden sind die beste Art, nach Rock Camp zu kommen, und außer Chester kennt keiner einen brauchbaren Fluchtweg aus der Stadt, und er wird sich dazu nicht äußern.

Es geschah in der Glanzzeit von Archie Moore – dem Gouverneur, nicht dem Boxer -, dass die süße Titte der gelben Rose von Texas austrocknete und Millionen Amerikaner zur Überlebensgeschwindigkeit von 55 Meilen pro Stunde zwang. Ich habe sagen hören, dass die Leute aus Georgia nicht im Schnee fahren können und dass die Leute aus Arizona im Regen hinter ihren Lenkrädern meschugge werden, aber kein echter Vollblutjunge aus West Virginia würde je weniger als 120 Meilen auf einer geraden Straße fahren, weil es diese Strecken fast gar nicht gibt in einem Land, wo die Straßenkarten wie ein Fass voller Würmer mit Veitstanz aussehen. Während dieser Zeit fielen Chester Leute auf, die auf der Interstate 64 durch West Virginia bretterten, auf dem Weg zu interessanteren Gegenden wie Ohio und Iowa, und zum ersten Mal in seinem Leben fand Chester in seinem Chevy mit dem Pontiac-Motor den vierten Gang. Fragt mich nicht, was das für ein Getriebe war, denn ich war krank an dem Tag, an dem er es einbaute, und fragt mich auch nicht, wohin Chester gefahren ist, denn ich habe ihn vier Jahre lang nicht wiedergesehen, und danach hat er nichts erzählt.

Ganz sicher weiß ich nur, dass Chester groß rausgekommen ist und dann zurückkam, um damit anzugeben, und dass ich ihn in all den Jahren, in denen er weg war, nie so sehr gehasst habe wie in den zwei Stunden nach seiner Heimkehr. Für die Tatsache, dass ich ohne Chester zweimal so viele Karren reparieren und doppelt so viel Benzin pumpen musste und niemanden mehr hatte, mit dem ich am Wochenende Straßenrennen veranstalten oder Autorammen spielen konnte, wurde ich dadurch entschädigt, dass ich meine Zigaretten für mich behalten konnte, denn Chester war der einzige Schnorrer in der Tankstelle. Und nachdem er verschwunden war, wurde ein alter Traum in mir wach.

Damals, 1961, als ich noch ein Schuljunge war, tauschten alle, von einem bis zum anderen Ende in Rock Camp, ihr Radio gegen einen Fernseher aus, und obwohl ich immer noch glaube, dass es sich dabei um Stimmenkauf der Kennedys Seite handelte, schwören alle, dass das eben der Vorteil war, in der Zeit vor der Great Society[8] eine Arbeit gehabt zu haben. So kam das alte Hallicrafters-Radio zu seinem Platz zwischen meinem Schreibtisch und meinem Bett und sah mich an, wie es das später während stundenlanger Biologiehausaufgaben tat, als würde jede Minute Roosevelts »Day of Infamy«-Rede[9] wieder aus seinen Lautsprechern kriechen.

Was tatsächlich herauskroch, und das immer nur zwischen Abend- und Morgendämmerung, war der Sender WLS aus Chicago. Chicago wurde zu einem Traum, dann zu einer noch viel stärkeren Gewohnheit als pubertäre Selbstbefleckung, ersetzte das Abhauen, führte dann schließlich zu dem, was man, so unser Gesundheitslehrer, vom Hand-an-sich-Legen bekam – und ließ mich zu einem verrückten Idioten werden.

Chicago, Chicago, that toddlin' town ...[10]

Fragt mich nicht, wie der Song weitergeht, weil ich das vergessen habe, und fragt mich noch weniger, was aus dem Traum geworden ist, denn ich habe den schleichenden Ver-

---

8 Reihe von innenpolitischen Programmen unter Präsident Lyndon B. Johnson zur Bekämpfung von Armut und Rassenungerechtigkeit.

9 Rede des amerikanischen Präsidenten Franklin D. Roosevelt am Tag nach dem japanischen Angriff auf Pearl Harbour (8.12.1941).

10 wörtl. »Chicago, Chicago, diese schwankende Stadt ...« Berühmter Schlager aus den 1920-er Jahren, bekannteste Aufnahme von Frank Sinatra.

dacht, Chester hat ihn für mich erledigt, als er wiederkam. Aber der Traum war schöner als der von Mrs. Dent, meiner Sexgöttin und Mathelehrerin, die mich während einer Privatstunde vergewaltigte, dass mir Hören und Sehen verging, und der Traum war spaßiger, weil ich glaubte, er könne wahr werden. Als ich Mr. Dent, den Turnlehrer, fragte, ob sein Ding so heiß sei wie ihr Loch, rammte er meinen Kopf an einen Spind, und ich schwor, meine Hand für immer aus meinen Fruit-of-the-Looms-Trainingshosen zu lassen. Außerdem war Chicago um Meilen besser als Mrs. Dent, und in Chicago gab es so viele Mrs. Dents, die mich in einer Million Jahren vergewaltigen konnten.

Dex Card, der damalige Nachtmoderator für 'ls, hatte einen Batman-Fanclub, dem selbst *ich* angehören konnte, und die Jungs in Chicago hatten alle Autos, trugen alle »h.i.s.«-Hosen – von dem freundlichen »h.i.s.«-Bäcker in seinem kleinen Ofen selbst gebacken, damit die Falten nie mehr rauszuwaschen waren. Alle kauten sie Wrigley-Kaugummi, und alle gingen zum Wrigley Building, das aus irgendeinem Grund noch heute aussieht wie ein gigantisches, unerschöpfliches Päckchen »Juicy Fruit«. Die Jungs in Chicago waren so nah dran an Motown Records, dass sie hinfahren und Gladys Knigth und die Supremes beim verdammten Über-die-Straße-gehen *sehen* konnten. Und die Jungs in Chicago hatten drei verschiedene Temperaturzonen: Wenn es am O'Hare-Flughafen kalt war, war es im Loop noch kälter, und auf der Hochbahn war es immer unter null. Bei mir dauerte es zehn Jahre, bis ich den Witz verstand. Bei uns dauerte es zwei Tage, bis wir das Wetter kriegten – wenn es in Chicago montags regnete, zog ich mittwochs einen Regenmantel an und bildete mir ein, es sei Regen aus Chicago.

Nach dem Traum kam die Gewohnheit. Ich beschloss, nach Chicago abzuhauen, aber hatte noch keine Vorstellung, was ich machen könnte, um mich über Wasser zu halten, und in der Stadt dort kannte ich keine Menschenseele. Aber die Typen beim 'LS-Radio hörten sich anständig an, und sie strahlten echte Wärme aus, die man vor allem hören konnte, wenn sie diese »Rettet-die-Kinder«-Werbungen machten. Man wusste, diese Typen würden einem armen Jungen eine Chance geben. Und genau da vermischten sich Gewohnheit und Traum ziemlich miteinander.

Ich würde wohl den Zug nehmen – denn das war die einzige Möglichkeit, rauszukommen, die ich aus den Erzählungen meines Vaters aus der Zeit der Weltwirtschaftskrise kannte –, und ich würde auf irgendeinem ollen Flachwagen vielleicht sogar einen echten Star treffen, der dann seine alten Träume mit einer ausgebrannten Zigarette auf den Boden zeichnen würde. Dann würden ich und der alte Star den Rock Island-Zug raus aus Kentucky nehmen und mit der Kohle geradewegs in die Chicago Yards rollen, und der Star würde davon erzählen, wie ganze Züge in diesem gigantischen Labyrinth aufgesogen und verschwinden würden, mit den Schwarzfahrern und allem, und nie mehr gefunden würden. Aber ich würde es aus dem Waggon schaffen, bevor der Zug in die Yards einführe, den Gestank auf jener Seite umgehen, und dann wäre ich im Loop.

Ich würde die WLS-Studios finden und nach einem Job fragen, und die Empfangsdame, sexier als Mrs. Dent und Single noch dazu, würde mich fragen, was ich denn könne. Vom Zugfahren wäre ich noch ganz schmutzig, und meine Klamotten wären nicht von »h.i.s.«, also, was würde ich anderes antworten, als dass ich gerne fegen würde. Bingo, und dann würden sie mich anstellen, weil in Chicago nie jemand fegen will, und wenn ich mich bücke und die Wrigleys vom Boden kratze, werden sie denken, mit mir den besten Arbeiter auf der Welt zu haben. Wahrscheinlich sollte ich aber besser wischen, doch Dex Card sagt, ich sei zu schlau zum Wischen und ich solle diesen Zehndollarschein nehmen, mir ein paar »h.i.s.«-Klamotten kaufen und morgen hier wieder auftauchen. Er sagt, er möchte gerne, dass ich den Tagesmoderator mache, und er wird mir beibringen, wie man die Schalttafel bedient, die Echoeffekte macht, die Hits abspielt, die Soundeffekte verdoppelt und an die Leute von den Nachrichten, vom Wetter und vom Sport übergibt. Verdammt geil.

So saß ich jeden Abend am Schreibtisch, lernte weniger Biologie, als dass ich wieder und wieder den Traum träumte, bis ich eines Nachts auf meine anständigen Hosen – obschon von Woolworth – schaute und mir bewusst wurde, dass die Frachtzüge nicht länger langsam durch Rock Camp fuhren. Es gab immer noch den Bus, aber noch jedes der drei Male, wenn ich ausreichend Limoflaschen gesammelt hatte, um Geld für ein Ticket dahin zusammenzubekommen, wo die Züge langsamer fuhren, hatten die Billardkugeln mir in den Ohren geklungen, und meine Münzen waren in den Schlitzen von Zeit und Glück verschwunden.

»Du siehst die Ecken nicht richtig«, sagte Chester eines Tages zu mir, nachdem er in weniger als einer Minute den Tisch leergeräumt hatte.

Ich war in der zehnten Klasse, und sein Rat war mir scheißegal. Alles, was ich wusste, war, dass mein Geld komplett verschwunden war und es entlang der Schnellstraße keine weiteren Limoflaschen mehr gab und dass Chicago immer noch tausend Meilen entfernt war. Ich lehnte mich über meinen Queue: Man hatte mich abgezogen, und ich wusste es.

»Kennst du dich mit Autos aus?« Ich schüttelte den Kopf. »Kannst du eine Zapfsäule bedienen?« Wieder nein. »Aber du *kannst* ein Auto waschen.« Ich schnaubte, um ihm klarzumachen, dass das, verdammt noch mal, jeder könne.

Und von diesem Tag an ging ich für fünfundsiebzig Cent die Stunde bei E. B. »Pop« Sullivan in seiner American-Oil-Tankstelle arbeiten. Ein Drittel des Lohns ging an Chester, weil er mir den Job besorgt hatte. Das macht nichts, sagte ich mir, ich wollte da keine Karriere machen, sobald ich das Geld zusammenhatte, würde ich nach Chicago abhauen. Ich würde für die ganze Strecke den Bus nehmen, ich würde fahren. Nein, ich würde sparen und mir ein Auto kaufen, das mich mit Stil nach Chicago brächte.

Als ich Chester erzählte, dass ich ein Auto kaufen wollte, ließ er mich auf seine Kosten vom Haken und nahm mich sogar mit, die alten Karren auf dem Autoplatz anzuschauen. Dann sagte ich Chester, dass ich keine alte Karre, sondern ein echtes Auto wollte.

»Aber so kriegst du ein echtes«, sagte er. »Du bastelst es dir so zurecht, wie es dir gefällt – in Motown basteln sie nur welche, die zusammenkrachen.«

Wir schauten uns einen Pontiac mit 327-Motor an, der nur 38.000 drauf hatte. Jemand war dem hinten draufgefahren und hatte den Kofferraum in die Rückbank geschoben. Am Chromrahmen um das Fenster hing ein Büschel Haare. Chester kroch unter den Wagen und verschwand für fast fünf Minuten darunter, während ich mich stärker zu einem Chevy Impala hingezogen fühlte, der frisch lackiert war und ein nach hinten verschiebbares, mechanisch einzuklappendes Faltverdeck hatte, das von allein nach unten ging, wenn man auf einen Knopf drückte. Chester kam unter dem Pontiac hervor, als hätte er da eine Schlange gefunden, dann schlenderte er grinsend zu mir herüber.

»Der ist totaler Schrott, aber der Motor ist perfekt in Ordnung.«

Ich sagte Chester, das ich den Impala lieber hätte, aber er saugte nur an den Zähnen, als wüsste er, was mit Verdecken passiert, die sich automatisch absenken lassen. Er ging um den Wagen herum, bückte sich, um unter ihn zu sehen, rieb mit den Fingern über das Reifenprofil, während ich die ganze Zeit über auf das 325-Dollar-Schild starrte, das an der Windschutzscheibe klebte. Sicher, der Pontiac war billiger, aber wer wollte schon 130 Dollar zahlen, um mit einem Motor unter dem Arm herumzulaufen? Ich nicht, ich wollte damit wegfahren und das Verdeck dabei auf- und zuklappen.

»Ich sag dir mal was«, sagte er. »Ich kauf mir einen hübschen Chevy für den Motor von dem Pontiac da. Du kaufst den Motor – und ich vermiete dir die Karosserie.«

Darauf fiel ich nicht rein, also schüttelte ich den Kopf.

»Na gut, dann lass uns Partner sein. Wir verkaufen beide nur an den jeweils anderen, und für die Wochenenden halten wir zusammen. Du weißt schon, doppelte Verabredungen.«

Das machte schon etwas mehr Sinn, und mit einem leisen Summen verschwand der Chicago-Traum für den Rest jenes Monats und verbarg sich irgendwo in meinem Hirn. Ich hatte Albträume von Adaptern, die straff gespannt werden mussten, damit sie auf einen Motor passten, der nicht in einen Chevy gehörte. Ich machte mir Sorgen darüber, dass wir zu weit von dem festen Teil des Motorblocks entfernt angezapft hatten, konnte Gussstahl splittern sehen, als wir die Maschine das erste Mal auf 80 hochtrieben. Ich ging zu Beschleunigungsrennen und fragte jeden, den ich sah, ob man einen Pontiac-Motor in eine Chevy-Karosserie einbauen könne, und die meisten Leute lachten, aber ein Dummbeutel lehnte sich auf seinem Sitz zurück. »Mein Sohn«, sagte der Dummbeutel, »geh mit dir spielen.«

Aber der Monat verging, und der Motor wurde aus unerfindlichen Gründen eingebaut, und der ganze Brandschutz und die Kotflügelverbreiterungen wurden rausgerissen. Während Chester das Problem mit dem Getriebe in Angriff nahm, kriegte ich die Grippe, und drei Tage lang träumte ich weder von Chicago noch von meinem Auto, weil ich zu sehr damit beschäftigt war, krank zu sein. Als ich wieder in die Schule gehen konnte, sah ich den Wagen auf dem Parkplatz. Das hintere Ende war an Federn hochgehängt, und als ich innen auf den Schalthebel schaute, sah ich, dass Chester einen Griff mit einem Muster für vier Gänge draufgeschraubt hatte. Ich dachte, das sei ein Witz, weil der vierte Gang meiner Meinung nach nie benutzt werden konnte. Der Wagen machte mit Mühe und Not 50 Sachen im dritten, und das war für die geraden Strecken auf der Schnellstraße genug.

Jener Sommer war ein einziger Spaß. Chester und ich gaben jeden Cent, den wir verdienten, für Benzin aus und verbrachten jede freie Minute auf kleinen Landstraßen. Wir entdeckten eine Brücke, die bucklig genug war, um uns jedes Mal in die Luft fliegen zu lassen, wenn wir mit 45 Sachen drauffuhren und die Karre wie einen Stuhl zum Schaukeln brachten, bis wir neue Stoßdämpfer auftreiben konnten.

Ohne sein Wissen lieferte uns Pop Sullivan den ganzen Sommer hindurch Stoßdämpfer. Wir entdeckten eine kurvige Strecke auf einer einspurigen Straße, die sich immer wieder für einen Quasi-Zusammenstoß mit einem Pepsi-Laster eignete. Ein paar Mal gab Pop uns Rostschutzfarbe, um die Tatsache zu kaschieren, dass wir zu nah an den Pepsi-Laster geraten waren. Pepsi schnallte die Nachricht, vermute ich, und leitete den Fahrer auf eine andere Strecke um. Chester sagte mir: »Die haben einen Jungen geschickt, um Männerarbeit zu machen.«

Aber der größte Spaß war, als einmal ein Hilfssheriff des Cabell County unterwegs war, um irgendeinen Fuselbrenner vorzuladen, der seine Schnapseinkünfte nicht mit dem Staat teilte. Der Hilfssheriff kam uns in einer Kurve entgegen, als wir mit Höchstgeschwindigkeit einen Hügel runterbretterten, und da konnte er nichts anderes machen, als uns auszuweichen, sonst hätte er sich von unseren hübschen Arschgesichtern verabschieden müssen. Der Hilfssheriff war ein sehr schlauer Mann. Da er annahm, dass jeder, der aus dem Nichts mit solchem Tempo auftaucht, etwas zu verbergen hat, gab er über Funk durch, dass wir Schnaps in unserem Wagen hätten. Am Fuß des Hügels schnappten sie uns, stocknüchtern, und stellten fest, dass wir überhaupt keinen Alkohol dabei hatten. Was sie fanden, waren die beiden Töchter des Hilfssheriffs – beide aber hatten von ihrer Mama die Erlaubnis zum Ausgehen. Chester kriegte drei Tage, weil er vor einem Hilfssheriff weggefahren war, und keiner von uns durfte die Mädchen je wieder anrufen. Fragt mich nicht, was die Mutter abkriegte, denn ich bin nicht sicher, ob der Hilfssheriff ein Frauenschläger-Typ war oder nicht.

Chester saß seine drei Tage an Sonntagen ab und las im Bezirksgefängnis die Zeitung, und der erste Sonntag veränderte ihn ziemlich zum Schlechteren. Bei der Arbeit am Morgen danach wollte er nicht darüber reden, mit wem er als nächstes ausgehen wollte oder woher wir das Geld für die nächste Tankfüllung nehmen sollten, aber bis zum folgenden Wochenende taute er auf. »Das ist alles Glückssache«, sagte er. Ich dachte, er meinte damit seine Gefängnisstrafe, brauchte aber vier Jahre, um seinen Satz zu kapieren. Nach seinem zweiten Sonntag kam er mit einem Ausdruck in den Augen zurück, als würde er nur darauf warten, dass ihm aus heiterem Himmel etwas auf den Rücken fiel. »Ganz sicher ist es da draußen irgendwo, aber die Sache ist einfach, man muss am richtigen Ort sein, wenn der Scheiß runterkommt.« Ich stimmte ihm voll und ganz zu. Alles Wichtige war in Chicago, und die Schule fing wieder an, und ich war noch immer in Rock Camp.

Am nächsten Morgen machte Chester auf äußerst seltsame Weise die Fliege. In der Mittagspause war er an der Reihe, in der Stadt herumzukutschieren und sich dabei von seinem Mädchen knutschen zu lassen, und ich wollte mir unterdessen meine Beute auf der High-School-Treppe holen. Wir waren beide dabei erwischt worden, wie wir zu frech zu unseren Mädchen wurden, und jetzt gab es kein einziges anständiges Mädchen mehr in Rock Camp, das uns nicht beschuldigte, es vergewaltigt zu haben, nachdem sein Football-Freund es geschwängert hatte. So kam es, dass Chesters Hauptgirl ein Mädchen aus Little Tokyo Hollow war, wo es hieß »zweimal ist keinmal, aber Inzest ist immer noch besser« und wo die Kinder alle Schlitzaugen hatten. So kam es, dass ich an diesem Tag kein Mädchen hatte. Und

Chester drehte regelmäßige Runden auf der Hauptstrecke, so dass ich von meinem Platz aus jede Bewegung sehen konnte, die dieses Schlitzauge machte.

Die ersten drei Runden waren ziemlich normal, und ich konnte fast die Strecke messen, die ihre Hand auf dem Weg zu Chesters Schritt zurücklegte, aber bei der vierten Runde hatte sie ihn aufgemacht und bearbeitete seinen Talisman. Ich wusste, Chester hatte geschickt verhandelt, um so früh so viel zu kriegen, und ich vermutete, dass es dann gleich vorbei war, denn ich sah ihn umdrehen und Richtung Westen zurück zur Schule fahren. Noch immer fuhr er einfach nur herum und ließ sich dabei alle Zeit der Welt, als wüsste er, die Glocke würde erst läuten, wenn er zu seinem Spind gekommen war. Als er dann vorbeifuhr, sah ich, wie sich das Schlitzauge über ihn beugte und wie ihr Kopf ganz verrückt rauf und runter ging. Chester lächelte und trat in kurzen Abständen aufs Gas. Erst als er am Stadtrand hielt und das Mädchen rausließ, wurde mir klar, dass er nicht daran dachte, zum Unterricht zurückzukommen, aber ich ging trotzdem los, todsicher, dass er morgen wiederkommen würde.

An diesem Nachmittag bestellte mich die Schulberaterin zu sich und fragte mich, was ich mit dem Rest meines Lebens anstellen wolle. Wie es aussah, hatte Chesters Schlitzauge irgendwas ausgeplaudert, und sie dachten, in mir gäbe es etwas, was man retten könnte. Da erzählte ich der Beraterin, ich wollte für einen Radiosender in Chicago arbeiten – nur so zum Quatsch.

»Schön, aber dafür musst du aufs College gehen, das weißt du.«

Das war mir neu, denn Dex Card hörte sich nicht wie ein Lehrer oder ein Doktor an, und ich sagte nein.

An diesem Abend, als Chester nicht bei der Arbeit auftauchte, fragte ich Pop Sullivan, ob er mich während der College-Jahre unterstützen würde. Ich versprach, so lange auf der Tankstelle zu arbeiten, bis ich meinen Journalisten-Abschluss hätte, und anschließend alle Schulden zu begleichen.

»Das Geld von den Schulden, die noch ausstehen, brauche ich selbst«, war alles, was Pop sagte. Er hielt weiter aus dem Fenster Ausschau nach Chester, der seinen Teil der Autos reparieren sollte. Chester tauchte nicht mehr auf. Ich blieb also bis zum nächsten Morgen und fand mit Hilfe eines Buches heraus, wie ich die Autos von uns beiden reparieren konnte; schätzungsweise hatte es Chester die ganze Zeit schon so gemacht.

Eine Woche später stellte Pop einen anderen Jungen zum Benzinpumpen an und gab mir den Mindestlohn, der in Archies Glanzzeit bei rund einem Dollar fünfzig lag. In dieser Zeit bekam ich auch ein Telegramm aus Cleveland, in dem stand: »Tut mir leid, Pard, ich hab ihn in den vierten gekriegt und nicht mehr raus. Ich mach das irgendwann wieder gut, C.« – und ich wunderte mich, warum Chester sich die Mühe gemacht hatte, vier Cents für das »Pard« auszugeben.

Ich ließ das Radio ausgeschaltet, und meine Noten wurden ein bisschen besser, aber ich fand nicht, dass ich viel Nützliches gelernt hatte. Die Schulberaterin schenkte mir immer noch dieses scheißfreundliche Grinsen, wenn sie in der Eingangshalle an mir vorbeiging. Dann fingen seltsame Dinge an zu passieren – wie zum Beispiel, dass mein Alter abends nüchtern ins Bett ging und sonntags zweimal in die Kirche und zum Frühstück Orangensaft trank, ohne mich dumm anzumachen. Und ich wurde zu Parties eingeladen, die die Eltern der Football-Spieler für ihre Söhne und deren Freundinnen ausrichteten, aber ich ging nie hin. Dann sagte mir ein Lehrer, dass ich, wenn ich vor Weihnachten ein »B« in Weltgeschichte schreiben würde, ein sicherer Kandidat für die Honor Society wäre, aber ich sagte diesem Lehrer klar und deutlich, was die Leute von der Honor Society mit sich machen könnten, weshalb der Lehrer mich einen Klug-scheißer nannte. Ich gab ihm recht. Ich bekam trotzdem das »B«. Ich fing an, wieder mit der jüngsten Tochter des Hilfs-sheriffs auszugehen, und er verhielt sich, als sei ich ein Quarterback.

Dann fing die Scheiße so richtig an. Vor Weihnachten gab es tonnenweise Schnee, und ich schwänzte die Schule, um Pop zu helfen, die Durchfahrt zwischen den Zapfsäulen frei-zuschaufeln, und er rief den Rektor an, um ihm zu erzählen, was los war. Ich war gerade dabei, Salz auf die Bürgersteige zu streuen, als Pop brüllte, ich solle reinkommen. Dann stopfte er seine Pfeife und setzte sich hinter den Schreib-tisch.

»Was habe ich dir übers Stehlen gesagt?«, fragte er, aber ich machte ihm klar, dass ich nichts von ihm genommen hatte. »Ich sage ja auch nicht, dass du das hast, ich will nur wissen, ob du dich erinnerst.« Ich sagte ihm, er hätte unge-fähr eine Million Mal gesagt, einmal-ein-Dieb-immer-ein-Dieb. »Glaubst du das?« Ich fragte ihn, ob er schon mal was geklaut hätte. »Nur einmal, aber ich habe es zurückgelegt.« Ich sagte zu ihm, einmal-ein-Dieb-immer-ein-Dieb, aber er lachte nur. »Du brauchst jemanden, der dir das College finanziert. Und ich brauche noch einen Katholiken in dieser Stadt.« Ich versicherte Pop, dass meinem Alten plötzlich die Erleuchtung gekommen war, aber dass ich auf gar keinen Fall, in keiner Form und keiner Weise seinen Weg einzuschlagen gedächte; er war ja dazu noch Methodist. »Denk noch mal drüber nach.« Ich sagte, ich würde darüber nachdenken, und ging in die Werkstatt, einen Wagen schmieren. Das einzige, woran ich denken konnte, war, Dex Card hört sich nicht wie ein katholischer Name an.

In dieser Nacht lief ich im Schnee nach Hause zurück, der aber nicht wie Schnee aus Chicago aussah – es sah so aus wie in meiner Kindheit, bevor das Radio in mein Zimmer gekommen war, und wie damals, als ich vom Schlittenfahren nach Hause kam und meine Alte noch am Leben war und mir Kaffee einflößte, um die Kälte zu vertreiben, und ich vermisste sie ein kleines bisschen.

Ich ging ins Haus und hoffte, meinen alten Herr mit einem Bier in der Hand anzutreffen, damit die Dinge für mich wieder normal wären, aber er saß in der Küche, las die Zeitung und war stocknüchtern.

Ich machte uns etwas zum Abendessen, und während wir aßen, fragte er mich, ob Pop irgend etwas zu mir gesagt hätte über das College. Ich sagte, er würde mich unterstützen, wenn ich Papist würde. »Kein schlechter Vorschlag. Nimmst du ihn an?« Ich versicherte ihm, darüber nachzudenken. »Da ist Post für dich«, und er gab mir einen Umschlag, der in Des Moines, Iowa, abgestempelt war. Drinnen lagen fünfundsiebzig Kröten und ein Papierfetzen, auf dem stand: »Weniger wegen Wertminderung. *Adios*, C.« Ich steckte das Geld in mein Portemonnaie und zerknüllte den Zettel. »Mit dem Geld kannst du dir ein paar Klamotten kaufen«, sagte er. Ich versicherte meinem Alten, ich würde dringender ein Auto brauchen, um jeden Tag ins College fahren zu können, aber er lachte nur und versetzte mir eine Kopfnuss quer über den Tisch. Und sagte, ich sei ein guter Junge für einen alten Rabauken wie ihn.

Ungefähr um diese Zeit stieg der Benzinpreis. Ich kaufte einen 58er vw ohne Boden, fuhr ihn, wie er war, bis es regnete, dann kaufte ich einen Boden, der teurer war als der ganze Wagen. Die Tochter des Hilfssheriffs bekam ihre Tage nicht, beschloss, dass ich schuld war, und so war es wahrscheinlich auch. Sie ging also mit mir zum Katechismus und zum Unterricht ins Community College in Huntington, und wir wohnten in einer Drei-Zimmer-Wohnung über Pops Tankstelle. In der Minute, als seine Tochter das Kind verlor, machte der Hilfssheriff dem Spuk ein Ende, und Pop brachte mich dazu, wieder zu meinem Alten zurückzuziehen. Der aber fing wieder zu trinken an. Ich ging vom College ab, arbeitete jedoch weiter in Pop Sullivans Tankstelle, um ihm sein Geld zurückzuzahlen, und irgendwann merkte ich, dass die Zeit zu schnell vergangen war. In all diesen Jahren hatte ich das alte Radio nicht mehr eingeschaltet und konnte es auch jetzt nicht ertragen. Ich sagte mir, dass es gar nicht so übel war, für Pop zu arbeiten, und ziemlich bald würde man den Alten irgendwo unterbringen müssen, und dafür brauchte ich Geld.

Ich fuhr im vw nach Hause und sang »*Chicago, Chicago, that toddlin' town …*« vor mich hin, und dabei stellte ich fest, dass ich den Rest des Textes vergessen hatte.

Dann sah ich etwas die Schnellstraße entlangkommen, erhaschte nur einen Blick auf etwas Metallisch-Blaues, Verschwommenes, mit gelben Nebelscheinwerfern, die in der

Dämmerung vorbeiglitten, und das Gesicht des Fahrers war das von Chester. Ich riss den Käfer herum, raste zurück Richtung Stadt, haute die Gänge rein, um an Geschwindigkeit zuzulegen, aber er war zu weit weg. Eine Stunde lang fuhr ich in der Stadt herum, bis ich ihn wieder die Schnellstraße runterrasen sah, und dieses Mal fiel mir die Blondine in seinem Wagen auf. Als sie in der Front Street anhielten, um im Café einen Bissen zu essen, rollte ich neben den neuen Camaro. Ich hatte seine Freundin schon mal ihre Zähne lecken sehen, in einer Zahnpastawerbung im Fernsehen.

Ich fragte Chester, wie es ihm ging, aber er hatte vergessen, mich zu kennen: »Tschuldigung?« Ich sah, dass er alle Zähne überkront hatte, und sagte ihm, wer ich war. »Ach, ja«, sagte er. Ich fragte ihn, wo er den heißen Ofen her hatte, und sein Girl schaute mich komisch an und lächelte still. »Das ist ein Mietwagen.« Seine Freundin fing an zu lachen, aber ich verstand den Witz nicht. Ich sagte Chester, er solle auf der Rückfahrt bei Pop vorbeischauen und ihm Hallo sagen. »Ja, ja, gut, mach ich.« Dann lud ich sie beide ein zu uns nach draußen, zum Abendessen mit mir und meinem Alten, aber Chester konnte Kaninchen nicht ausstehen. »Vielleicht ein andermal. Schön, dich wiederzusehen.« Er schlug die Autotür zu und ging vor seiner Freundin ins Café.

Ich saß da in dem vw, starrte auf das Fett auf meiner Jeans, dachte, ich sollte da rein gehen und Chester ein paar von dem »Vielleicht-ein-andermal« in sein blödes Scheißgesicht knallen. Fragt mich nicht, warum ich es nicht tat, denn es war das, was ich in meinem ganzen Leben am meisten tun wollte, und fragt mich auch nicht, wohin der Traum verschwunden ist, denn er ist mir nie mehr gekommen.

Als Chester die Stadt verließ, ließ er einen Keim zurück. Nicht die Art von Keim, aus dem eine Pflanze wachsen kann, sondern eine Krankheit, einen Virus, eine Seuche. Chester säte ihn in dem Café, nachdem der Hilfssheriff ihn erkannt und gefragt hatte, was aus ihm geworden sei. Chester erzählte dem Hilfssheriff, er sei am Broadway, und verschenkte Freikarten für die Show, in der er auftrat, und eine ganze Reihe Leute fuhren hoch nach New York. Alle kamen sie zurück und summten Songs aus der Show. Der Keim verbreitete sich über ganz Rock Camp und ließ jedes Kid auf der Bühne der High-School denken, es könne wie Chester werden. Ein paar dieser Träumer brachten sich um, aber die wahre Hölle blühte dann denen, die zurückkamen und denen Pop sagte, an der Tankstelle gäbe es keine Arbeit für Schwuchteln.

Aber eines war ganz sicher gut zu wissen: Dass Chester von New York fertiggemacht und rausgeworfen wurde, weil er dachte, seine Scheiße würde nicht stinken, oder zumindest war es das, was die Leute sagten. Ich weiß nicht, was in New York vorgefallen war, aber ich denke, ich habe eine Ahnung davon, was Chester hier angestellt hat. Er war nur da, um jedem seinen Traum zu zerstören und seinen eigenen Traum zum einzig gültigen zu machen, und das funktionierte bei denen, die an Archies Glanzzeit glaubten, oder bei denen, die dachten, die süße Titte würde niemals austrocknen, und funktionierte bei Chester, als er zurückkam und anfing, selbst an seinen Traum zu glauben.

Wenn ich an einem ruhigen Tag in der Tankstelle stehe, denke ich mir manchmal Dinge aus, die Chester vielleicht zugestoßen sind, erfinde kleine Stücke für ihn, die er spielen könnte, wo auch immer er sein mag. Wenn ich das tue, ver-

liere ich sehr oft den Überblick, wann und wo ich mich eigentlich gerade befinde, und manchmal muss Pop mich an-
brüllen, damit ich Benzin in einen Wagen fülle, weil ich die
Glocke nicht habe läuten hören. Immer, wenn so etwas passiert, bekreuzige ich mich mit der linken Hand, gehe raus
und pfeife einen Refrain von »Chicago«.

»Ölstand prüfen? Ja, Sir.«

Bei dieser Trockenheit

Er sieht die Brücke kommen, sieht die Verletzungsgefahr und sagt laut seinen Namen, sagt »Ottie«. So ist er immer genannt worden, und er sagt nochmals »Ottie«. Als er am Brückenpfeiler vorbeifährt, blickt er nach oben und sieht im Seitenspiegel sein Gesicht, übel zugerichtet, dreckig; er hört Bus' Stimme aus einer weit zurückliegenden Zeit, *ich werde dir etwas zeigen.* Er holt Luft, lange und müde, scheint die Jahre auszuatmen, seit Bus' Chevy gegen diese Brücke knallte, sich überschlug, und Ottie herauskroch. Aber jemand hat das so erzählt – er erinnert sich nur an die harte Hitze des Asphalts, auf den er sich legte. Und manchmal weiß Ottie alles. Hin und wieder schlagen seine Nerven aneinander, bis er eine Faust sieht, eine Faust, die zugleich zupackt und sich verdreht; dann läuft hinten in seiner Kehle heißes Wasser hinunter, er übergibt sich. Danach kommt das lange Warten – nicht einen Tag oder eine Nacht lang, sondern beides, miteinander verzahnt, bis alles eine einzige Zeit ist, ein Warten. Dann gibt es keine Erinnerung mehr, nur gehetzte Jahre mit einem Schwerlaster – Jahre, in denen Kolben dröhnen, und er auf holprigen Straßen darauf wartet, einen Tag vom anderen zu unterscheiden. Für diesen einen Tag kommt er zurück.

Dieses Tal im Hügelland ist nicht seine Gegend: Sie gehört zu Sheila, zu ihren Eltern, zu ihrem Cousin Buster. Ottie kam ursprünglich von außerhalb des Tals, aus einem Fürsorgeheim in Pruntytown; und die Gerlocks zogen ihn hier als Pflegekind auf und schickten ihn weg, als der Geldsegen von der Fürsorge ausgegeben war. Er sieht ihr dürres Tal, aber versteht nichts – die Hügel auf jeder Seite können die Wolken regnen lassen. Während er die Schnellstraße entlang rumpelt, schaut er auf ausgedörrte Felder, auf denen das Getreide auf einer Höhe von drei Fuß abknickt, auf die höhergelegenen Stellen, um die es mit ihren gelblichen Blättern noch schlimmer steht. August ist zu früh im Jahr, als dass die vertrocknenden Bäume wie Rost auf den Hügeln stehen sollten, zu früh, als dass die Böschungen Stellen von blassem Lehm zwischen Schwalbenwurzgräsern und Disteln aufweisen sollten. Alles ist reif für das Feuer.

An einer breiten Böschung in der Nähe des Farmhauses schiebt er seinen Sattelschlepper an den Straßenrand, und die Zündung knallt, bis der Motor stottert, dann stirbt. Er greift nach seiner Tasche, schwingt sich hinaus auf die Leiter und klettert hinunter. Hitze brennt durch sein T-Shirt unter einem Himmel, an dem die weiße Sonne steht; eine plattgefahrene grüne Schlange verfärbt sich auf dem Straßenbelag hellblau.

Der Schatten des Vorderhofes ist zugestellt mit Autos, und Schreie und Gekicher dringen von der Rückseite zu ihm. Ein Fest. Die Ausgelassenheit der Gerlocks kennt er, aber ein Gefühl von Fremdheit lässt ihn anhalten. Etwas ist anders. Auf dem Feld neben dem Hof wachsen sündige Pflan-

zen – ein halber Hektar mit Tabak, mannshoch, erntebereit.
Also hat sich George Gerlocks Haltung verändert; er hat
sich den glänzenden gelben Blättern zugewendet, die
schnelle Dollars bringen. Ottie grinst, holt eine Pall Mall
hervor, lässt sich von deren warmen Rauch beruhigen und
zerkleinert einen losen Faden Burley zwischen den Zähnen.
Das Klappern von Hufeisen dröhnt von hinten. Er bahnt
sich seinen Weg durch die Wagen, lauter große Schlitten,
und geht die bemoosten Sandsteinstufen hinauf zur Tür.

Drinnen riecht es nach Alter und nach frittiertem Hühnchen, und er lächelt, als er an all die Pies und Kaffees in den
Fernfahrerlokalen denkt. In der Küche sind Sheila und ihre
Mutter am Herd beschäftigt, halten aber plötzlich inne. Sie
schauen ihn an, und er steht still.

Die alte Frau sagt: »Mein Gott, da bist du.« Eingefallen,
schwach, taumelt sie auf ihn zu. »Wo in aller Welt, wo in
aller Welt?«

Er greift nach der kraftlosen Hand, die sie ihm entgegen-
streckt, und spricht über ihre Schulter zu Sheila. »Milwaukee. Muss einen Tankanhänger mit Melasse von der Zuckerfabrik holen. Wollte hier nur kurz vorbeikommen – aber
eigentlich nicht in euer Fest platzen.«

»Ach, bleib schon«, sagt Sheila. Sie geht auf ihn zu und
küsst ihn auf die Wange. »Ich habe alle deine Briefe bekommen und jeden einzelnen aufbewahrt.«

Er starrt sie an. Sie ist zu dünn, in ihrem Gesicht schält
sich der Sonnenbrand, braune Hautfetzen kleben noch auf
ihrer Backe, und Streifen von Schweiß beflecken ihre Bluse
am Bauch und zwischen den Brüsten. Er lacht. »Ein paar
von den Briefen hättest du schon beantworten können.«

Die alte Frau drängelt sich zwischen sie. »Otto, Buster ist fürchterlich schlecht dran. Er sitzt im Rollstuhl und hat zwei solche Beutel in sich, um sein Geschäft aufzufangen.«

Sheila geht zum Herd. »Ottie kann damit jetzt nichts anfangen, Mama. Er ist gerade erst angekommen. Lass ihn doch ausruhen.«

Ottie denkt an den Brückenpfeiler, die Schürfwunden in seinem Gesicht. »Das kommt von den Stahlplatten. Die Leute werden nie mehr ganz gesund mit diesen Platten im Kopf.«

Die Augen der alten Frau Gerlock haben rote Ränder. »Genug davon. Nimm dein altes Zimmer – geh schon los – du kannst mit uns essen.«

Sheila lächelt zu ihm auf, ein Lächeln von der Seite.

Oben wäscht und rasiert er sich. Als er sein Haar kämmt, sieht er, wie dünn es geworden ist, wie sein Kiefer einfällt, wo Zähne fehlen. Er starrt auf die gepunktete violette Linie, die sich seinen Kieferknochen entlangzieht – die Unfallnarbe – und weiß schon, was die Gerlocks denken werden, fragt sich, was das schon ausmacht. Er hat keinen Urlaub; Pflegekinder haben keinen Urlaub, Fernlastfahrer auch nicht.

Er setzt sich auf die Bettkante, die Tür steht halb offen, und hört das Gespräch über den *schlimmen Unfall* von der Küche die Treppe hinaufkriechen. Ottie kennt die Stimme des alten Gerlock und denkt daran zurück, wie der alte Mann nach Bus schrie, wie seine krächzenden Schreie von den Sägen übertönt wurden, die in verbogenes Metall schnitten.

Als er versucht, auf die erste Sache zu kommen, die sie alle so verändert hat, dringen ihm die Stücke eines zerbrochenen Lebens ins Bewusstsein, und zwischen ihnen fehlen Tage und Nächte, man kann sie nicht zusammenzufügen. Er öffnet ein Fenster, geht zurück zu seinem niedrigen Tisch. Diese Dinge sind immer noch da: getrocknete Insekten, Sheilas Muscheln von der Sandbank am Two-Mile-Creek, Pfeilspitzen, ein Gipsengel. Alles Dinge, die er aufbewahrt hat.

Er nimmt den Engel in die Hand, ihm gefällt seine ruhige Traurigkeit. Vor langer Zeit blickte er verstohlen zwischen Blumen durch, als er im Krankenhaus wieder zu sich kam, und die alte Frau betete an seinem Bett, während er am Verband kratzte. Er hört Kinder rufen. Als er ein Kind war, hielt er einen Beaglewelpen im Arm, schaute in den Stumpf eines hohlen Baumes: Auf der weichen Lehmerde in dessen Inneren lag das perfekt erhaltene Skelett einer Maus, aber als er die Hand danach ausstreckte, war es ein Mischmasch von Knochen und nassem Holz. Er stellt den Engel zurück auf den Tisch, und als er in den Hof hinunterschaut, sieht er keinen derartigen Baum. *Ich zeig dir was.*

In dem heißen Hof klappen die Gerlocks die Tische auseinander, und ihr Lachen verletzt ihn. Sie sind in der Wolle gewaschene Flachländer, die es vor langer Zeit in die Städte verschlagen hat: Leute mit Namen, ohne Vergangenheit. Er ist in ihren Städten gewesen und hat seinen Sattelschlepper durch ihre stillen Straßen geritten und ihre schönen Häuser gesehen. Aber immer fuhr er mit der Adresse aus dem Telefonbuch direkt in die Straße, und nie schritt er über eine Schwelle. Schick außen heißt schick innen, und er braucht

nie nachzuschauen. Er weiß, warum sie zurückkommen –
noch ein bisschen schicker.

Die Sonne zeichnet lange Lichtstreifen auf den Boden; er
läuft durch sie hindurch und denkt an das Drahtgitter vor
seinem Fenster in Pruntytown, so weit von diesem Tal entfernt, und er fragt sich, was aus all den Jungen geworden ist,
die auf ein Zuhause gewartet haben. Aus dem Wandschrank
nimmt er ein altes weißes Hemd, das an den Schultern
braun gefärbt ist vom Rost des Kleiderbügels, von den Jahren. Er zieht es an, müht sich ab, es über seiner Brust zuzu-
knöpfen. Das gleiche Hemd hatte er damals in der Kirche an,
er saß alleine und ihm fiel auf, wie schick Bus und Sheila
angezogen waren. Dieses Mal fühlt er sich besser, stärker,
und es tut gut, dieses Hemd zu tragen.

Auf dem Regal im Wandschrank steht eine Schachtel mit
alten Fotos entfernter Verwandten der Gerlocks, Leute aus
einer so lange vergangenen Zeit, dass ihre Namen vergessen
sind. Vor Jahren hielten ihn nasse Winter drinnen, und er
breitete die Fotos aus, erfand Lebensgeschichten für diese
Leute und machte sie zu seinen Verwandten und fügte sie in
seine Geschichte ein. Er fühlte sich selbst als Teil eines jeden
Gesichts, jeder Person, und nahm an ihren Tagen teil, so gut
er sich das vorstellen konnte. Jetzt scheinen das nur noch
Bilder zu sein, und er trägt die Schachtel nach unten auf die
Veranda.

Auf der hinteren Veranda kommt eine Brise auf, und er
lässt sie zwischen die Knöpfe seines Hemds schlüpfen, setzt
sich auf die Schaukel und lauscht den ersten heruntergefallenen Silberahornblättern, die über den festgetretenen Weg
flattern. Seine Hand wühlt durch alte Fotos, manche sind
aus Karton, andere dünner. Sie zeigen die braunen und

grauen Gesichter der Gerlock-Jungen; Männer, die er fast noch gekannt hat, alte Männer, alle tot. Die Frauen haben lange Röcke an; sie sind nicht wirklich hübsch, zu früh gealtert. Er fragt sich, welche Farben ihre Welt hatte, mit Kleidern aus bedruckten Mehlsäcken, mit dunklen wollenen Anzügen. Tagsüber war der Himmel blauer, nachts schwärzer. Heute gehen Tag und Nacht ineinander über; und die alten Kleider sind zu Lumpen geworden, die man in der Scheune benutzt, braun vom Fett der Traktoren. Er stellt die Schachtel auf den Boden, beobachtet die Gerlock-Verwandten.

Die Verwandten gehen über die Felder, um sich anzuschauen, wie geschickt die Generationen vor ihnen diese Farm angelegt haben. Ottie weiß, wie gut alles zueinander passt: die Weide auf den Hügeln, ein Obstgarten mit einem abgezäunten Friedhof, die Niederungen mit den Feldfrüchten, die das Geld bringen. Er kann sehen, wie schlechtes Wetter dazu geführt hat, dass die Seitenwände der Scheune verzogen sind, Zäune, die er gespannt hat, durchhängen und Pfosten von Unkraut umrankt sind.

Wespen schwärmen unter dem Dachvorsprung der Veranda. Sie wärmen sich in der Spätnachmittagssonne, schweben, stoßen hinunter, steigen wieder auf, und ihre Flügel kämpfen, um die Luft um ihr Nest herum zu kühlen. Jenseits der Hügel, wo die Telefonmasten aufhören, sieht er, wie der Wald zurückkehrt und alles mit Kletten, Scheinastern und Sassafras überzieht. Ein längst vergessener Tag kommt ihm in Erinnerung.

An jenem Frühlingstag, den er mit Sheila verbrachte, fingen sie einen grünlich-goldenen Barsch und sahen zu, wie er an der Angel baumelte und das Licht sich auf ihm brach.

Sheila sagte: »Ich finde, der Bauch ist der schönste Teil.«

Ottie packte sie, lachte. »So viel Farbe, und du suchst dir das Weiße aus?«

Sheila kicherte, und sie hielten sich gegenseitig, rangen nach Atem und lehnten sich an die gepunktete Rinde einer Platane. Dann plumpste der Fisch vom Haken und glitt zurück ins schwarze Wasser. Sie saßen auf Wurzeln, ruhten aus und lauschten ihrem Atem. Seine Finger unter ihren Brüsten verschlungen, fühlte Ottie ihren Puls.

Eine Wespe taumelt, fliegt im Kreis, stößt gegen das Dach, und Ottie beobachtet die braunen Flügel, die über gelben Streifen aufblitzen, und er weiß, er kann seine Tasche packen und gegen Mitternacht in Columbus sein. Er steckt sich noch eine Zigarette an und fragt sich, ob das Zusammensein mit Sheila an jenem Tag sie beide verändert hat.

Die Stimme der alten Frau dringt durch die Diele bis auf die Veranda, ein gedämpfter Schrei: »Du willst Bus doch nur hier haben, um ihn zu blamieren.«

»So meine ich das überhaupt nicht«, brüllt der alte Mann. »Er ist ein Teil von uns. Er hat ein Recht darauf, wenn der brutale Teufel da drüben ein Recht darauf hat.«

Während er zuhört, wie Sheila sie beruhigt, bläst er den Rauch aus und reibt mit den Fingern über die feinen Stoppeln auf der Narbe.

Der alte Gerlock kommt heraus, dahinter Sheila und ihr gelber Hund; Ottie steht zum Händeschütteln auf, schaut nochmals in das schroffe Gesicht des alten Mannes. Er sieht in Augen, die von harten Jahren gezeichnet sind, sieht Linien und Falten, die vor langer Zeit von den Generationen gezogen wurden, die versuchten, sich eine Heimat aufzubauen.

Der alte Gerlock sagt: »Otto.«

»Schön, Sie wiederzusehen, Sir.« Er fühlt sich schwerfällig, dumm, und bückt sich, um Sheilas Hund zu streicheln.

»Das ist ein Schoßhündchen«, sagt der alte Gerlock. »Nutzloser Köter.«

Ottie hört Sheila lachen, aber tiefer, als er es in Erinnerung hat. Früher war ihr Lachen höher, und die alte Frau scheuchte sie über die Veranda und sagte: »Bitte nicht, Schätzchen. Ein Lebewesen kann fühlen.« Aber Sheila hielt ihre aus Papier gedrehte Fackel an ein weiteres Nest und passte auf, dass ihre Hand keine Flammen und herunterfallenden Wespen abbekam. Sie balancierte auf dem Geländer, hielt sich am Stützbalken fest, und er sah, wie sich die Rundung einer kleinen Brust unter ihrer Bluse abzeichnete. Dann sah er zu Bus hinüber, wissend, dass Bus das auch gesehen hatte. Er hört auf, Sheilas Hund zu streicheln, und richtet sich auf.

Der alte Mann klopft ihm auf die Schulter. »Otto, du hast hier immer einen Platz, aber wenn Buster kommt, hilfst du, dass er sich zuhause fühlt.«

»Jawohl.« Bus' Gesicht taucht vor Otties Augen auf: eine Wut, die jenseits aller Furcht liegt – allein der Gedanke daran lässt ihn verstehen. »Ich hätte nicht gedacht, dass er hier sein würde.«

»Ja, schon bald. Du erinnerst dich an nichts von dem, was passiert ist?«

»Nein, Sir. Nur an Sheila und mich beim Fischen und an Bus, der ankommt und sagt, er will, dass ich mit ihm fahre und auf ein Geräusch achte.«

»Auch nicht nach all diesen Jahren?«

Sheila legt einen Arm um den alten Mann. »Dad, mit der Zeit versinkt das immer mehr im Inneren. Ottie wird sich nie erinnern.«

Der alte Gerlock schluft davon, stößt ein »pah!« hervor und sagt: »Ich dachte nur …«

Die alte Frau kommt heraus, mit einem Geschirrtuch in der Hand, und Ottie sieht, wie sie tief einatmet, um ihr Schluchzen zu unterdrücken. »Otto, du darfst es nicht falsch verstehen, dass Bus herkommt. Die Bosheit hat ihn geritten. Schierer Übermut.«

Der alte Mann starrt sie an, dann blickt er auf Sheila und Ottie, Blut schießt ihm ins Gesicht, lässt es grau-blau anlaufen. »Sheila, bring ihn da rüber, er soll meinen neuen Hund sehen – aber verhätschelt ihn nicht zu sehr, das könnt ihr mit einem Jagdhund nicht machen.«

Sheila und Ottie gehen die Stufen hinunter und nehmen den Lehmpfad zur Scheune. Ottie blinzelt in die derbe Sonne. Entlang der unteren Abhänge der ausgetrockneten Hügel verweben sich die Erosionsrinnen wie grüne Finger; noch immer verbirgt sich dort Wasser. Als er zurückblickt, sieht er den alten Mann ins Haus gehen, aber die alte Frau steht alleine, die Hände über den Augen.

»Das ist schon ein mieses Spiel«, sagt Sheila. »Sie wollten Bus nicht herholen. Doch dann hört Dad, dass du hier bist – schon geht er los und ruft an und sagt: »Bringt Buster her, auf Teufel komm raus.«

»Egal. Es macht mich nur irgendwie müde.«

Sie nimmt seine Hand. »Warum hast du uns vorher nie besucht?«

»Ich bin nie in diese Gegend zurückgekommen. Früher oder später musste ich hier weg. Ich kann nicht verstehen, was dich hier gehalten hat.«

»Ich habe keinen anderen Ort als diesen hier. Du hast dich verändert, Ottie. Früher warst du so grob wie ein verdammtes Pferd, aber jetzt bist du ruhig. Ruhig aus schlechter Laune, so wie Bus es war.«

Er blinzelt. »Und was ist mit dir?«

»Hier passiert nicht viel. Dir passiert viel, mit deinem ganzen Herumgefahre. Stört dich das nicht manchmal?«

Er lacht kurz und tief. »Du und deine Leute, ihr bemitleidet, wie ich lebe, was? Bloß, ich bin besser dran – hier gibt es nichts, das nur einen von euch verändern würde.«

»Es gibt nichts, das es uns schlechtgehen ließe, wenn du das meinst.«

Sie schaut von ihm weg, und ihr krauses Haar, das im Laufe der Jahre ausgebleicht ist, verdeckt ihr Gesicht. Mit sechzehn war sie nicht besonders ansehnlich, und in seinen Träumen hat er sich immer vorgestellt, sie sähe besser aus. Jetzt sieht er sie als alte Jungfer in einer Kleinstadt und kann sich ausmalen, wie verbittert sie ist.

»Das hier ist sowieso meine letzte Tour«, sagt er und wartet, bis sie ihn anschaut. »Ich suche mir einen festen Job mit normalen Leuten. Ich stehe auf der schwarzen Liste, also kann ich nicht für die Gewerkschaft fahren, aber ich kenne eine Stelle in Chicago, die Sattelschlepper repariert …«

»Du hältst das nicht aus, Ottie. Du weißt nicht, wie das ist, an einem Ort zu bleiben, und es gibt keinen Ort, den du aushältst.«

Halb hat er gehofft, und diese Hoffnung einen Gedanken lang aufrechterhalten, Sheila das Geld für eine Fahrkarte zu schicken und feste Arbeitszeiten zu haben. Jetzt unterdrückt er ihn wieder, weil er zu schnell einsieht, wie trübe die Aussichten sind.

Er schaut in den Pferch. Der Hund des alten Gerlock ist ein Jagdhund mit kantigem Schädel, und Ottie weiß, dass es ihm nichts bedeutet, getätschelt zu werden. Er starrt sie mit großen leeren Augen an und wackelt in dem staubigen Schatten seines Verschlags mit dem Schwanz. Blaugrüne Fliegen summen um ihn herum, aber er schnappt nicht nach ihnen, wie das Beagle immer getan hat. *Ich hab da was, was ich dir zeigen will.*

Als sie Jungen waren, hieben er und Bus an diesem einen Tag am Zaun entlang das Unterholz ab. Gegen Abend, als Schornsteinsegler den Himmel bedeckten, stießen sie dabei auf die verstreuten Knochen eines weißschwänzigen Rehbocks – an den vergilbten Rippen klebte stellenweise noch zu Leder gewordenes Fleisch. Das bleiche Geweih hing am Schädel.

Bus schoss nach vorne und schnappte sich den Schädel, als Ottie sich danach bückte. »Guck mal, ich wette, den haben die Rothäute getötet.«

Ottie zog an einer Geweihstange, bis Bus losließ, dann schmiss er den Schädel ins dichte grüne Unterholz. »Verdammt, die gibt's doch wie Sand am Meer.« Er hackte im Gestrüpp herum und blieb nur still stehen, um nachzusehen, wenn Beagle wieder ein Kaninchen aufgeschreckt hatte und seine Verfolgung aufnahm. Er sah Bus weit hinter sich, wie er in das verschlungene Gebüsch stierte. Der Wald war schon dunkel.

Bus war fast am Weinen. »Ich hätte damit eine Sammlung anfangen können, wie du eine hast.«

»Beagle hat noch eins gekriegt«, sagte Ottie. Er fing wieder an zu arbeiten und hörte Bus mit seiner Sichel durch das Gestrüpp fahren, um mit ihm mitzuhalten.

Bus sagte: »Ich kann Beagle nicht leiden.«

Eine Schmeißfliege schwirrt vor Otties Augen vorbei, er wedelt sie weg und sieht zu, wie Sheilas Hund an dem mit Draht eingefassten Pferch schnüffelt. Der Hund versucht hinüberzuspringen, und Sheila hält ihn am Halsband zurück.

Ottie sagt: »Junge und Mädchen.«

»Der hier nicht. Er ist behandelt worden.«

»Schon, aber die wissen doch trotzdem, wie's geht.« Er blickt auf die Hügelrücken, die in der Sonne zu braunem Feuer werden, und erinnert sich an einen Jungen mit Mäuseknochen, an einen hohlen Baum, an einen Beagle-Welpen.

Eine Triangel klingelt aus dem Hinterhof, und Ottie geht mit Sheila um die Scheune herum; als er aufblickt, sieht er, wie sie Bus in den Schatten eines Trompetenbaums rollen. Sheila wirft Ottie einen hastigen, beunruhigten Blick zu, und Ottie geht langsam auf Bus zu, versucht, jeden Tag der verschütteten Vergangenheit zu sehen, sieht aber nur, wie Bus jetzt ist. Bus sitzt, zur Seite gekrümmt, seine Hände liegen als Knochenbündel in seinem Schoß, der Kopf hängt nach unten. Er ist blass, schlaff, und sein Gesicht ist wächsern. Ottie nimmt einen Gestank wahr und weiß, dass er aus den Beuteln kommt, die an dem Stuhl hängen.

»Das ist Ottie«, sagt Bus' Mutter. Sie beugt sich über den Stuhl. »Du kennst doch Ottie.«

Bus schaut zu ihr auf, und sein Gesicht verzieht sich. Er wirft sich in seinem Stuhl hin und her. »Zig'rett.« Im Schatten des Baums sind blaue Venen unter seiner Haut zu erkennen. Ein Schlauch führt aus seinem Unterleib, und er hebt ihn hoch, lässt ihn in den Beutel laufen.

»Ach, Liebling, du rauchst so viel.« Sie schaut Ottie an. »Sein Onkel George möchte, dass er aufhört, aber es ist das Einzige, das ihm Vergnügen macht.«

Ottie zuckt mit den Schultern.

»Das ist Ottie.«

Ottie hockt sich hin, streckt die Hand aus. »Hallo, Bus.«

Bus ergreift die Hand, dann knurrt er seine Mutter an. »Zig'rett.« Er bleckt die Zähne.

Ottie gibt ihm eine Pall Mall, zündet sie an. Eine Rauchwolke zieht an Bus' Augen vorbei, und er blinzelt einmal, langsam. Tabakfetzen kleben an seinen grauen Lippen, und schwach, wie er ist, versucht er sie wegzuspucken. Mit der Hand wischt die Frau über das Kinn ihres Jungen. Ottie blickt vom Gras zu Bus' Gesicht hoch, aber darin sind all die Tage des Wartens nicht zu erkennen, nur ein ruhiges Jungenlächeln. Ottie kratzt an seiner Narbe, und seine Hand riecht nach Bus – dem Geruch von Babypuder und Salbe gegen das Wundliegen.

»Buster, das ist Ottie«, sagt sie wieder.

»Otto.« Auf der Veranda steht der alte Mann und hält seine Bibel gegen die Brust gedrückt. Ein Finger steckt zwischen den Seiten.

Ottie steht auf. »Ja?«

»Hol den Pflug aus dem Geräteschuppen da drüben.«

Auf dem Weg zum Schuppen erfasst ihn ein seltsames Gefühl: Er erinnert sich, wie er diesen Weg – eines Nachts, vor

Jahren – entlang lief und Bus ihm hinterher brüllte: »Ich werde dir was zeigen, Ottie.« Bus grinste und ließ Beagle auf seinen Hinterbeinen tanzen, indem er ihn am Halsband zurückzog. Dann stieß er mit der Klinge seiner Sichel fest zu, und Beagle stolperte hustend in eine Ecke. Zuerst klappten seine krummen Beine weg, dann fiel er auf die Seite, atmete nicht, und seine Flanken blähten sich, schwollen an. Ottie sah kein Blut, nur die rosa geränderte Wunde an einer Stelle in Beagles Brust. Dann trug er den Hund zu den dunklen Hügeln.

Im heißen Schuppen sammelt er sich wieder und findet den Pflug. Weil seine Griffe und Zugriemen verrottet sind, sieht der Pflug aus wie aus einer unwirklichen Zeit, und Otties Finger fahren über warmes, mit Rostflecken übersätes Metall. Die Gerlocks erzählen immer, dass dieser Pflug als erster die Ebene ihres Tals durchpflügt hat, und Ottie fragt sich, was das heißt oder ob sie sich das nur ausgedacht haben.

Sägemehl rieselt ihm in die Augen, und er macht einen Schritt zurück, schaut hinauf zur Decke. Eine Hummel bohrt ein Loch in die Dachsparren. Die Balken sind voller Stellen, an denen der alte Gerlock andere Löcher mit Achsenfett zugeschmiert hat. Trotzdem bohrt die Hummel weiter. Ottie ruft sich Sheilas Lachen in Erinnerung, ein hohes und glückliches Lachen, während die Wespen verbrennen. Er erinnert sich an das Nest in ihrer Hand, das frische Lächeln auf ihrem Gesicht und daran, wie die Wespenlarven unter ihren Fingerspitzen aus ihren Papierzellen platzten.

Er trägt die Pflugschar auf die Veranda, legt sie auf das Geländer, reibt an den Roststreifen auf seinem guten Hemd herum und schmiert dabei bräunlichen Staub in das Gewebe. Er entfernt sich ans Ende des Hofes. Sheila kommt und leistet ihm Gesellschaft, und er spürt ihre Augen auf ihm ruhen, spürt, wie sich ihre Finger in seinen Unterarm drücken.

Auf der Veranda predigt der alte Mann aus seiner Bibel, und seine Stimme ist wie ein Flüstern im Wind. Die Worte seines Gottes tragen die vergessenen Farben einer anderen Zeit. Ottie beobachtet, wie die versammelten Familien in ihren passenden Kleidern zuhören, und er weiß, der alte Mann ist der einzige Bibelfeste unter ihnen. In der Stimme des Predigers hört er heuchlerische Kraft und sieht, wie die anderen sich etwas vormachen. Alter Idiot, denkt er, hier sind neue Idioten, um deinen Platz einzunehmen.

Der alte Gerlock schreit hinauf zu den Hügeln: »Denn wenn man das tut am grünen Holz, was wird am dürren werden?«

Köpfe beugen sich zum Gebet, für den unentschlossenen Wunsch, für die dargebrachte Hoffnung, und alle drehen sich um zu Bus.

»Behüte Gott den Pflug«, sagen sie.

Eine Schlange bildet sich für das Abendessen, und Ottie fällt der Klapptisch auf, der für Bus hergerichtet worden ist, ein Extratisch für ihn alleine, und er weiß, dass Bus kein Recht hat – niemand hat irgendein Recht. Alle sollten sie alleine essen, alle ohne Vergangenheit, kein Leben hier.

Auf einem anderen Tisch steht Essen, das er längst vergessen zu haben glaubte: Pintobohnen, gebratene Tomaten, eingemachtes Gemüse. Er ist hungrig und hält sich dicht hinter Sheila, füllt seinen Teller, setzt sich zu ihr, von wo aus er Bus sehen kann. Der alte Gerlock kommt an ihren Tisch geschlendert, legt seine knochigen Arme neben den Teller, während er still für sich betet. Sheila stößt Ottie mit dem Ellbogen an, deutet mit dem Kopf auf ihren Vater, und ihr Mund verzieht sich zu einem Grinsen. Ottie zuckt mit den Schultern, isst, beobachtet, wie Bus' Mutter Hühnchen zerlegt und ihren Jungen mit einem Löffel füttert.

Der alte Mann sieht auf, rührt in seinem Essen. »Ist das ein gutes Leben, das du führst?«

Ottie legt seine Gabel so hin, wie es die alte Frau ihm beigebracht hat. »Es beschäftigt mich.«

»Hilft dir wahrscheinlich zu vergessen, nehme ich an.«

»Jawohl. Da gibt es Misshandlungen von Ihnen in Hülle und Fülle, an die ich mich nicht erinnere.«

Sheila greift nach Otties Hand. »Hört auf, ihr beiden.«

Die Lippen des alten Mannes werden bleich. Er lächelt. »Was genau ist passiert, um das Auto zu Schrott zu machen, Ottie?«

Ein dumpfer Blitzschlag trifft ihn; Übelkeit und Schmerz breiten sich vom Nacken über den Rücken aus. Hinter dem alten Mann sitzt Bus – Bus mit überaus traurigen Augen. Ottie weiß Bescheid. »Das haben wir alles schon mal besprochen.«

Sheila drückt seine Hand. »Verdammt, lass das.«

Der alte Mann holt aus, um sie zu schlagen, und sie dreht den Kopf zur Seite.

Ottie brüllt: »Schlag *mich*.«

Der alte Gerlock lässt die Hand sinken. »Nein, du hast deinen Teil vom Leiden bekommen – genau wie sie.« Er isst, sieht nicht auf.

Bus blickt hilflos auf Ottie, aber seine Lippen sind vor Wut nach innen gezogen. Aufrecht sitzt er jetzt in seinem Stuhl, die eine Hand wischt den Löffel mit Hühnchen zur Seite. »Ot'ie«, stöhnt er.

Sheila nimmt Otties Arm. »Komm schon, das reicht.«

Er schüttelt sie ab, geht unter den abnehmenden Schatten des Trompetenbaums und beugt sich über Bus. Mit dem Gesicht geht er nahe an ihn heran und riecht das Rauchöl auf Bus' Haut.

Bus schreit, schüttelt den Kopf: »Ot'ie.«

Er flüstert, ein Zischlaut kommt heraus: »Bus.«

»Ot'ie.«

Angesichts der knotigen Fingerknöchel an Bus' Hand sah er die lange verdrängten Minuten wieder vor sich, in denen sie über die Schnellstraße rasten. Er sah, wie Bus' Gesicht starr wurde wie vor einem Kampf, sah sein höhnisches Lächeln, bevor diese Hand das Lenkrad herumriss und Metall gegen die Brückenpfeiler schrammte. *Ich zeig dir, du hast was.*

Ottie schaut hinauf zu den Hügeln: In ihren Talsenken gab es flache Höhlen, in denen er sich versteckte, sich ein Lager aus Blättern und eine Feuerstelle baute, wo er die Nacht hindurch neben Beagles kaltem Kadaver ausharrte.

Er geht in die Hocke, legt seine Hand auf Bus' Schulter. »Bus?«

Bus blinzelt, senkt den Kopf.

Als er wieder aufsteht, sieht Ottie, wie ihn die Familien anstarren, und er geht aus dem Hof hinaus. Sheila kommt ihm nach, ergreift seine Hand, damit er langsamer geht. In einer Kurve läuft er hügelaufwärts zum Obstgarten, bleibt auf dem Gipfel stehen. Weit unten sind zwischen Baumgruppen wie schwarze Kleckse Ausschnitte des Two-Mile

Creek zu sehen, das einzige Grün, das sich langsam von den sumpfigen Ufern aus ausdehnt.

Ihm fällt ein, dass er einmal mit dem alten Gerlock in dem Bach stand. Fast wusste er wieder, wie die Kühle um seine Knie spülte, fühlte, wie die Hand sein Gesicht bedeckte, dann das Abtauchen in einem jähen Rausch. Nur dieses eine Mal betete er; bat darum, bleiben zu können, immer hier leben zu können. Sheilas Arm legt sich um seine Taille.

Der Boden ist dicht mit Früchten bedeckt, manche sind reif, andere verfault, einige von Wespen aufgeblasen. Ottie pflückt einen knorrigen Apfel, beißt in etwas Holziges. Selbst das Fruchtfleisch hat keinen Geschmack, und er sieht, dass die Bäume beschnitten werden müssten. Er schleudert die Frucht von sich. »Früher haben wir Stützen für die Äste zurechtgesägt.«

»Mama hat mich wochenlang geschunden, wenn ich mit ihr Apfelkonfitüre einmachte, aber das ist lange her.« Sie lacht schnaubend auf, hält ihren Handrücken an die Stirn, äfft sie nach: »Oh je. Was sollen wir bei dieser Trockenheit nur machen?«

»Uns hinhauen, denke ich.«

»Ja«, sagt sie und zieht an ihm. »Arsch an Arsch und Brust an Brust.«

Ottie ist das zu nah, er lässt sie los und sieht zu, wie sie etwas aufhebt und es ihm hinstreckt. Es ist die blassblaue Hälfte des Eis eines Rotkehlchens, das vom Frühling übriggeblieben ist.

Er sagt: »Sie schmeißen sie raus, wenn nichts ausschlüpft.«

»Das hast du mir schon mal gesagt. Ich dachte, du sammelst so ein Zeug.«

Er denkt an den niedrigen Tisch in seinem Zimmer, die Pfeilspitzen, den Gipsengel. Noch einmal sieht er den Schädel des Bocks durch die Luft segeln, sich in den Ästen verfangen, zerschellen. Sein Lächeln verschwindet. »Nein, ich habe aufgehört, so Zeug zu sammeln.«

Sie zerquetscht die Eierschale in ihrer Handfläche, macht eine blauweiße Paste daraus. »Mich wird nie jemand lieben.«

»So ein Quatsch, Sheila. Buster hat dich geliebt.«

»Bus?« Mit der Hand schirmt sie ihre Augen gegen die letzten Sonnenstrahlen ab.

»Er hat gedacht, wir hätten es unten am Bach miteinander getrieben.«

Ihre Hände klammern sich um seinen Nacken. Sie lächelt wieder. »Ich hatte noch keinen Mann gehabt, aber ich wollte euch beide. Wolltest du denn nie?«

Er schüttelt den Kopf.

Sie kneift die Augen zusammen, und ihre Hände rutschen von seinem Nacken ab. Sie weicht zurück, dreht sich um, läuft schnell zum Haus zurück. Während er ihr nachsieht, wie sie hinter Timotheegras und Bäumen verschwindet, hofft er, dass sie nicht zurückblickt, und hofft, dass er sie in dem überfüllten Hof nicht wiedersehen wird.

Er setzt sich, lehnt sich an den Friedhofszaun, kratzt mit einem Stock totes Moos auf und spürt, wie sich die Rückseite seines Hemds an den geriffelten Stangen aufscheuert. Die Sonne zeichnet eine elfenbeinfarbene Narbe in den Himmel jenseits der Hügel; unten beim Bach ruft ein Keilschwanz-Regenpfeifer und flieht aus den Sümpfen ins Sonnenlicht.

Ein blaubraunes Licht kriecht vom Boden hinauf, und die Blätter werfen Muster gegen einen schattenhaften Himmel.

Er hebt die heruntergefallenen Blätter auf, die neben ihm liegen, eines nach dem anderen, presst sie an sich, zusammen mit den Jahren hastigen Lebens. Er betastet die gewellten Ränder eines versengten Blattes, auf dessen Haut er im letzten Licht immer noch bunte Stellen sieht. Alles ist so weit entfernt.

Allein läuft er über die dunkler werdenden Felder. Ein Wetterleuchten zuckt über den Himmel, und er hört das bedächtige Gezirpe der Heuschrecken, die sich in den Bäumen abkühlen. Er fragt sich, wie viele Rehe in all den Winterschneestürmen gestorben sind, wie viele Mäuse zu Staub geworden sind. Während er am Zaun entlanggeht, wird Ottie bewusst, dass Bus diese Farm gehört, und dass er sie in eine Zeit eingeschlossen hat, die er tagtäglich erleben kann. Und Ottie sieht sie das letzte Mal gemeinsam: ein sterbender Hund und zwei unnütze Kinder, die für immer zu Geistern geworden sind und weder kreischen noch spielen können. Selbst als Tote kämpfen sie um Knochen.

Die Autos fahren vom staubigen Hof, nehmen Richtung auf Städte und Jahre, weit weg in der Nacht. Er bleibt still auf einer Stelle stehen, bis die Lichter im Farmhaus ausgehen, dann läuft er zurück durch den Hof, die Veranda hinauf.

»Du ziehst morgen wieder los?« Der alte Gerlock sitzt im Dunkeln.

»Jawohl.«

»Bleib da und hilf beim Tabakabstreifen.«

Ottie grinst. »Das Schneidemesser passt nicht in meine Hand.«

»Kannst du nicht die Wahrheit über Buster sagen?«

Er zuckt mit den Achseln, reibt mit der Hand über sein Gesicht, aber riecht weder Salbe noch Puder, nur den Staub der Blätter. »Ich glaube, Bus hat versucht zu … Ich vermute, es war keine Absicht.«

Der alte Mann geht zur Tür, hält sie offen, dann spuckt er über das Geländer. »Gott vergebe meiner verschlissenen Seele, aber ich hoffe, du schmorst in der Hölle.« Der alte Gerlock geht ins Haus.

Ottie setzt sich auf die Schaukel, denkt an die Gitter vor seinem Fenster in Pruntytown und lacht. Sie brauchten nie Gitter. Vor ihm waren sie immer sicher gewesen. *Was machen bei dieser Trockenheit.*

Seine Stimme klingt verraucht: »Uns hinhauen.«

Er klappert mit den metallenen Blechfotos, nimmt ein Pappfoto aus der Schuhschachtel, zündet es an und sieht zu, wie das Bild sich im Dunkel der Nacht orange, blau und violett verfärbt. Er zündet ein weiteres an, lässt die lange vergessenen Gesichter von den Flammen verzehren. *Sich hinhauen.* Das dritte will er an das Wespennest halten, will die versengten Insekten durch die bunten Flammen fallen, will Larven platzen und die unebenen Ränder ihres Papiernests schwelen sehen. Aber das ist nicht seine Art. Er schüttelt den Kopf, wedelt das Feuer aus. Er steht still, bis der letzte Funken aufleuchtet, hochsteigt, verglimmt.

»Sich hinhauen.«

Das Innere des Hauses ist nah, und es saugt ihm die Luft weg. Der Geruch nach Hühnchen sickert in die Wände und wird schon zum Geruch vergangener Zeiten. Leise geht er die Treppe hinauf, sieht kein Licht unter der Tür des alten

Gerlock, aber eine Art Film überzieht seine Haut, je näher er dem Treppenabsatz kommt.

Als er den Flur zu seinem alten Zimmer entlanggeht, kommt er an Sheilas Tür vorbei und schaut auf. Er sieht sie nackt in der Türöffnung stehen, grau, wartend. Er bleibt stehen, wartend; er lauscht auf ihren Atem. Langsam hebt er seine Hand, berührt ihr Gesicht, und er spürt, wie sich der Schweiß auf ihrer Wange mit dem Staub seiner Handflächen vermischt. Er kennt sie besser, und er weiß, auf was sie es anlegt.

Er betritt sein Zimmer, zieht den weißen Fetzen aus und lässt ihn auf dem Bett liegen. Er packt Rasiermesser, Seife und Kamm in seine Reisetasche, alle Dinge, die er mitgebracht hat. Er zieht ein sauberes T-Shirt an, schließt den Reißverschluss an der Tasche und trägt sie in den Flur. Sheilas Tür ist geschlossen, und Ottie weiß, was sie alle verändert hat, wird sie für immer antreiben.

Draußen ist der Hof leer und dunkel. Er klettert die Leiter zur Fahrerkabine seines Sattelzugs hinauf und versucht, sich an eine breite Stelle bei der Zuckermühle zu erinnern, an einen Platz zum Parken. Die Zündung knallt, und die Gänge – direkt in den zehnten durchschalten – jaulen in eine andere Nacht, ein schreckliches Geräusch.

Erster Wintertag

Die ganze Nacht über saß Hollis am Fenster, starrte auf sein verschwommenes Spiegelbild in der Scheibe und suchte nach einem Ausweg aus der Gruft, die Jake ihm gebaut hatte. Jetzt konnte er die erste verwischte Bläue des Morgens hinter den kahlen Ästen emporkriechen sehen und dahinter die Umrisse des Hofes. Die Arbeit war getan: Die Silos waren voller Korn, die Heuballen reichten bis zur Scheunendecke, und das Schlachtvieh war verkauft. Es war Arbeit, die für Zahlen in einer Bank, für die Schulden erledigt wurde, und nun neigten sich auf den Äckern die Stoppeln zwischen Futterhaufen, die der Frost zusammenschnürte. Er konnte seine Eltern unten herumschlurfen und das Frühstück machen hören. Seine alte Mutter kicherte, ihr Verstand war schon halb hinüber, weil das Blut in ihren Adern zu dick war. Sein Vater war inzwischen blind und hustete. Er hatte Jake am Telefon gesagt, dass sie noch eine ganze Weile leben würden. Jake wollte nicht, dass seine Eltern weggeräumt würden wie alte Möbel. Hollis hatte Jake gebeten, sie in sein Pfarrhaus in Harpers Ferry zu holen; mit dem Hof ging es bergab. Jake meinte, er hätte keinen Platz: Das Pfarrhaus sei zu klein, seine Familie zu groß.

Er ging hinunter, Kaffee trinken. Seine Mutter wollte nicht mehr baden, und die warme Küche roch nach ihr, wie sie so da saß und mit seinem Vater Haferschrot aß. Die Augenlider des blinden Mannes hingen halb herunter, und er hatte sich die Haare nicht gekämmt. Wo er drauf gelegen hatte, standen sie büschelweise vom Kopf ab.

»Hafer ist noch warm.« Seine Mutter kicherte, und ihre Mundwinkel verzogen sich zu einem schwachen Lächeln. »Dein Vater hat sich den Mund verbrannt.«

»Hab keinen Hunger.« Hollis schenkte sich Kaffee ein, lehnte sich gegen die Spüle.

Der alte Mann drehte seinen Kopf ein Stück weit in Hollis Richtung, Essensreste klebten an seinen Lippen. »Gehst du auf die Jagd, habe ich schon mal gefragt?«

Hollis stellte seine Tasse in die Spüle. »Ich dachte, ich kümmere mich um das Auto. Wir können nicht den ganzen Winter von der Stadt abgeschnitten sein, nur weil du Eichhörnchenfleisch essen willst.«

Der alte Mann aß seinen Haferschrot, starrte vor sich in die Luft. »Ohne Wild ist es kein Thanksgiving.«

»Wenn Jake und Milly nicht herkommen, ist es auch kein Thanksgiving«, sagte sie.

»Gestern abend haben sie gesagt, sie kommen nicht her«, sagte sein Vater, und die alte Frau blickte stumm zu Hollis.

»Ich muss mich um den Wagen kümmern«, sagte Hollis und ging auf die Tür zu.

»Der Wagen steht schon zu lange herum«, schrie ihm die alte Frau hinterher. »Pass auf mit den Schlangen.«

Die Luft draußen war schneidend, und als ihm der Wind ins Gesicht peitschte, rang er um Atem. Die Wolken hingen tief, der Himmel war grau, und die paar Angusrinder, die er nicht auf dem Markt verkauft hatte, drängten sich an der Futterstelle neben der Scheune zusammen. Er warf ihnen etwas Heu hin, holte seine Werkzeugkiste aus der Scheune, fing an, am Auto herumzuschrauben. Er stieg ein, um auszuprobieren, ob es ansprang, würgte es ab. Während er bei geöffneter Tür hinter dem Steuer saß, sah er seinen Vater mit seinem Stock die Veranda herunterkommen. Das Stottern des Motors kam als Echo durchs Tal und über die Hügel zurück.

Hollis Fingerknöchel bluteten, er hatte sie sich unter der geöffneten Motorhaube aufgeschrammt, und sie brannten, als er den Schlüssel noch energischer drehte und das Lenkrad umklammerte. Der Stock seines Vaters tappte über den frostigen Hof durch die Dezemberstille und näherte sich Hollis. Der Mund des blinden Manns war wegen der Kälte geschlossen, die dunkle Luft stand ihm nahe vor dem Gesicht, und Hollis hörte auf, den Motor anzulassen, und stieg aus.

»Man hört doch, dass er blockiert ist.« Der blinde Mann stand ihm gegenüber.

»Das hier ist kein Traktor.« Hollis ging um den Wagen herum, warf einen Blick unter die Motorhaube, sah den Haarriss auf der einen Seite des Motorblocks.

Der Stock seines Vaters berührte den Kotflügel, und er stand still und aufrecht neben seinem Sohn. Hollis sah, wie die Finger seines Vaters über den Kühlergrill krochen. »Er hat sich aber angehört, als wäre er blockiert«, sagte er wieder.

»Ja.« Hollis schob den Mann zur Seite, schloss die Motorhaube. Er hatte nicht das nötige Werkzeug, um den Motor zum Laufen zu bringen, und auch keinen zweiten, um ihn zu ersetzen.

»Vielleicht leiht dir Jake das Geld für ein neues Auto.«

»Nein«, sagte der alte Mann. »Wir werden schon auskommen, ohne Jake zur Last zu fallen.«

»Auf Pump? Glaubst du, die Bank wird uns noch einen Cent geben?"

»Jake hat so schon genug Sorgen.«

»Ich habe ihn gestern abend gefragt, ob er euch beide holen kann.«

»Warum?«

»Ich habe ihn und Molly gebeten, euch zu nehmen, und er hat nein gesagt. Ich hänge hier fest. Ich kann meinen eigenen Weg nicht nehmen, weil ich mit diesem verdammten Hof auf verlorenem Posten kämpfen muss.«

»Du wirst das schon machen mit dem Hof.«

»Verdammt.«

»Niemand streckt sich mehr nach etwas Besserem. Wenn alle den gleichen Weg nehmen, ist es Zeit zur Umkehr.« Er argumentierte in fünf verschiedene Richtungen.

Im blassen Morgenlicht sah das Land vernarbt aus. Der erste Schnee war bereits gefallen, wieder geschmolzen und hatte die Hügel mit einer dicken Frostschicht überzogen, gegen die kein Sonnenstrahl mehr ankam. Kalte Winde hatten die letzten Eichenblätter von den Zweigen gestreift und die Hügel in stillem Graubraun zurückgelassen, das sich zu beiden Seiten ins Tal ergoss.

Er sah, wie sich das Haar des alten Mannes im Wind bewegte.

»Komm jetzt mit rein, du wirst dich noch erkälten.«

»Gehst du auf die Jagd, habe ich schon mal gefragt?«

»Ich gehe auf die Jagd.«

Als er auf seinem Weg hinauf zur Hügelkette die letzte Weide überquerte, spürte Hollis ein Ziehen im Bauch, einen kalten Hunger. Über das trockene Gras schlurfte er zum Zaun, der die ansteigenden Hügel bis oben zu dem Platz mit den Eichen verlief. Am Zaun hielt er inne, sah hinunter ins Tal und auf die Farm. Nach und nach hatte Jake ihm alles überlassen, und jetzt, da sein Bruder gegangen war, fühlte sich Hollis für diesen kleinen Moment glücklicher.

Er legte sein Gewehr auf den Boden, stieg über den Zaun und nahm es wieder an sich. Er drang tiefer in den Eichenwald, bis dieser sich mit den Gelbkiefern auf dem Kamm zu vermischen begann. Eichhörnchen sah er keine, aber er setzte sich auf einen Baumstumpf, der von allen Seiten von Eichen umgeben war. Ihre Wurzeln und der untere Teil ihrer Stämme waren von Eichhörnchenschwänzen sauber gefegt. Das Warten und die Kälte machten ihn benommen. Er zog ein Fünf-Cent-Stück aus der Tasche, kratzte damit an dem eingekerbten Stamm und erzeugte damit das Geräusch, das ein Eichhörnchen beim Nüsseknacken machte. Schon bald sah er einen Schwanz vorbeihuschen. Der Körper des Eichhörnchens war hinter dem Baumstamm versteckt. Er warf einen kleinen Stein hinter den Baum, der es aufscheuchte. Es raschelte in den Blättern. Er beobachtete, wie das Eichhörnchen hinter den breiten Stamm flitzte. Langsam hob er das Gewehr, und als das Echo hinter den entfernten Hügeln jenseits des Tals verebbte, fiel das Eichhörnchen hinunter. Er nahm es aus, und auf seinen Händen trocknete sofort das Blut. Dann ging er weiter den Kamm entlang auf das Kieferndickicht zu. Alle fünf Minuten hielt er an, um zu töten, bis das Töten ihn erschöpfte und seine Jagdtasche schwer an seiner Seite hing.

An einem Baum in der Nähe des Dickichts ruhte er sich aus und starrte in die dunkel wogenden Nadeln und Äste. Da, fast eins mit den roten Nadeln, lag ein Fuchs. Ohne sich zu bewegen, beobachtete er ihn und dachte an Jake, der sich versteckte und darauf wartete, dass er mürbe würde. In einem plötzlichen Ausbruch von Niederträchtigkeit riss er das Gewehr an die Schulter und drückte ab. Als er wieder aufsah, war der Fuchs verschwunden. Er erhaschte noch einen Blick auf sein helles Schwanzende, das in der Dunkelheit des Nadelwaldes aufleuchtete.

Hollis ließ das Gewehr sinken, lehnte sich im Sitzen an den Baum und nestelte an seinen Kragenknöpfen herum, als der Wind nach seiner Kehle griff. Er fühlte sich alt und müde, ausgelaugt und geschlagen, und er dachte daran, was Jake über das staatliche Heim gesagt hatte. Sie lassen die Leute dort verhungern, sagte er, und sie misshandeln sie dort, und am Ende ersticken sie sie. Einen Augenblick lang fragte sich Hollis, wie es sich wohl anfühlte, sie zu ersticken, und im selben Moment ertappte er sich, dass er lachte. Aber eine Dunkelheit war über ihn gekommen, und er zog seine Handschuhe an, um das Blut an seinen Händen zu verbergen. Taumelnd stand er auf, griff nach seinem Gewehr und rannte unter den Bäumen hindurch zur nächsten Lichtung am Zaun. Als er hinübergeklettert war und die Weide erreichte, fühlte er wieder einen leichten Schweißausbruch auf seinem Gesicht, eine Beruhigung.

Er überquerte Felder und Zäune, schleppte sich durchs Tal und wieder hinauf zum Haus. Drinnen saß seine Mutter im winzigen Hinterzimmer und hörte mit ihrem Mann leise Musik aus dem Radio. Sie ging Hollis entgegen, und er sah Furcht und Wissen in ihren weit auseinanderstehenden Augen – und er wusste, dass sie sehen konnte, zu was ihn der Wahnsinn getrieben hatte.

Er reichte ihr die ausgenommenen und gehäuteten Eichhörnchen aus seiner Jagdtasche und ging sich die Hände waschen. Aus dem Augenwinkel beobachtete er sie, sah, wie sie die Eichhörnchen in Salzlauge fallen ließ, sah, wie sie ihre Hand zum Mund führte, sah, wie sie eine Spur Blut ableckte und lächelte.

Er saß am Tisch, blickte auf seinen leeren Teller und wartete auf das Tischgebet. Nachdem es gesprochen war, reichte er die Platte Eichhörnchen herum. Er selbst hatte sich nur Vorderstücke und Leber genommen und die fleischhaltigeren Hinterbeine und die Rückenstücke liegengelassen.

»Es ist ein Brief von Jake gekommen.« Der alte Mann hielt ein Hinterbein in der Hand und nagte daran.

»Und Bilder von ihnen.« Seine Mutter stand auf und kam mit einer Handvoll Schnappschüsse zurück.

»Er hat es gut getroffen. Schau mal, die hübsche Kirche und die Kinder«, sagte sie.

Die Kirche war aus gelbem Backstein und hatte niedrige bunte Glasfenster. Auf dem Bild stand Jake mit einem Baby im Arm, sein kleines Mädchen, das nach ihrer Mutter hieß. Sein Gesicht war zu einem Lächeln verzogen. Die alte Frau stieß mit ihrem schrumpeligen Finger auf das Bild. »Das ist meine Mae Ellen«, sagte sie. »Das ist mein Liebling.«

»Man sollte keine Lieblinge haben.« Sein Vater legte die Knochen hin.

»Also, du wirst wohl damit klarkommen müssen, dass er es gut getroffen hat.«

Hollis sah aus dem Fenster. Der Geschmack von Leber, ein Geschmack wie nach Eicheln, überzog seinen Mund wie kaltes Fett. »Bald schneit's«, sagte er.

Sein Vater lachte. »Merk ich nichts von.«

»Jake sagt, sie legen jetzt ein bisschen auf die Seite. Er sagt, in der Kirche sind wirklich nette Leute.«

»So wie sich das anhört, legen sie noch nicht genug auf die Seite.«

»Komm schon«, sagte sie, »er hat es gut getroffen, lass ihn in Ruhe.«

Als die Mahlzeit beendet war, schob Hollis seinen Stuhl zurück. »Ich habe Jake gebeten, zu helfen, indem er euch beide aufnimmt; aber er hat nein gesagt.«

Der alte Mann wandte sich ab; Hollis sah Tränen in seinen blinden Augen. Sein Körper wurde vom Weinen geschüttelt. Wieder und wieder schüttelte er den Kopf. Die alte Frau machte ein finsteres Gesicht. Sie stellte die Teller zusammen und trug sie zum Spülbecken. Als sie zurückkam, beugte sie sich über Hollis.

»Was hast du denn gedacht, was er sagen würde? Er hat wie ein Ochse geschuftet und etwas erreicht, aber er kann uns nicht alle aufnehmen.«

Der alte Mann weinte immer noch, und sie ging zu ihm hinüber und half ihm aus dem Stuhl. Er war gekrümmt von Alter, vom Weinen, und er stand langsam auf und legte seinen schlaffen Arm um die Taille der Frau. Er drehte sich zu

Hollis. »Wie konntest du so etwas Gottverdammtes nur tun?«

»Wir gehen einen Mittagschlaf machen«, sagte sie. »Wir brauchen unsere Ruhe.«

Hollis ging in den Hof zu seinem Auto, sah nochmals nach dem gebrochenen Motorblock. Mit der Hand fuhr er über den Kühlergrill, wo die Hände des alten Mannes den Staub weggewischt hatten. Der Wind nahm ihm den Atem, schlug auf ihn ein, und die ersten Körner Eis prallten auf die Kotflügel. Vor ihm lag das Land – spröde, offen und tot.

Er ging zurück ins Haus und streckte sich im Wohnzimmer auf dem Sofa aus. Er zog die gefaltete Steppdecke an die Brust und drückte sie wie ein Kissen an sich. Er hörte das Muhen der Rinder, die gefüttert werden wollten, hörte das sanfte Keuchen, das weinerliche Atem seines Vaters, hörte seine Mutter ein Kirchenlied summen. So lag er im grauer werdenden Licht und schlief ein.

Die Sonne war schwarz vor Schnee, und das Tal schottete sich still und summend ab, so still wie in der Stunde des Gebets.

Christina Eibl

Nicht alle Russen haben Goldzähne, sind immer betrunken, und auch nicht jeder russische Beamte ist korrupt.

Eine junge Frau geht als CEO eines deutschen Verlagshauses nach Moskau. Sie hat ehrgeizige Ziele, die sie in absehbarer Zeit erreichen will. Doch bald schon gerät sie in den Strudel einer Gesellschaft, anziehend und unheimlich zugleich, deren Riten und Gesetze sie nicht kennt.

»Es ist kein Korrespondentenbuch«, so die Autorin, »auch kein Buch, das die Russen als lustige Hobbits darstellt … sondern ein ungeschönter Erfahrungsbericht, der anhand skurriler und auch grausamer Erlebnisse einer Firmenchefin ein tieferes Verständnis der russischen Durchschnittskultur möglich macht.«

»*Ein toller Fund, dieses Buch - ungeschönt, nicht nachklappend, immer nachvollziehbar. Müsste für alle nach Moskau Reisenden Pflicht werden!*«
Thomas Hocke, ZDF

»*Der originelle und fundierte Bericht einer Historikerin, die jahrelang im Zentrum der russischen Medien gearbeitet hat. Ebenso lehrreich wie amüsant.*«
Josef Joffe, DIE ZEIT

Christina Eibl
Nicht alle Russen
haben Goldzähne
sind immer betrunken
und auch nicht jeder
russische Beamte
ist korrupt.
Ein Überlebensbericht
aus dem Herzen Moskaus

Geb., 190 Seiten
€ 18,80 (D)
weissbooks.com

weissbooks.w

Ildar Abusjarow

Trolleybus nach Osten
Erzählungen

»Dieses Buch ist wirklich ein Trolleybus – es schüttelt einen durch, und der Ostwind zieht durch alle Fenster. Festhalten und Nase plattdrücken!«
Alina Bronsky

Ildar Abusjarow aus Balaschicha ist eine neue, überaus kraftvolle »Stimme«, ein Autor, dessen Geschichten in der kulturellen Tradition der Tataren wurzeln, die sich heute in einem russisch geprägten, urbanen Umfeld behaupten müssen. Was ihnen auch gelingt – mit ihrem Eigensinn und ihrem Mut, mit ihrer Hingabe zu allem, was Natur ist.

Hier begegnen wir, unter anderem, einem Mann, der über Friseure und Frisuren räsoniert, einem Schmetterling, der durch das Halbdunkel einer Moschee taumelt, oder einem Mädchen, das »einem Tannenzapfen zwischen den Pfoten eines Eichhörnchens« gleicht. Durch diese Geschichten weht »frische Luft, die so ist wie die Hand eines Mörders am Hals eines Pferdes.«

Geb., 213 Seiten
€ 19,80 (D)
weissbooks.com

weissbooks.w

Vanessa F. Fogel

Sag es mir

»Die Liebe und der Holocaust – ein bemerkenswertes Debüt!«
Frankfurter Rundschau

Eine junge Jüdin zwischen Tel Aviv, Berlin und New York, zwischen dem Pulsschlag der Metropolen und dem Schatten ihrer Geschichte: Fela begleitet ihren Großvater auf einer Reise in das Land seiner Kindheit, Polen, die Heimat, die ihm die Nazis genommen haben. Fela, Tochter einer Deutschen und eines Zionisten und selbst in Zeiten bewaffneter Konflikte aufgewachsen, spürt zunehmend, wie sehr ihr eigenes Leben mit dem des Großvaters verstrickt ist.

»Die Menschen werden dieses leichte, ernste Buch lieben!«
Maxim Biller

»Ein höchst lesbarer Entwicklungsroman, der das Kunststück fertigbringt, mit Leichtigkeit und liebevoller Selbstironie auch über die dunkelsten Seiten des menschlichen Lebens zu schreiben.«
NZZ Bücher am Sonntag

»Es lohnt sich, Fela auf ihrer Suche zu begleiten, ebenso wie es sich lohnen dürfte, Fogel auf ihrem weiteren Weg als Autorin im Auge zu behalten.«
Spiegel Online

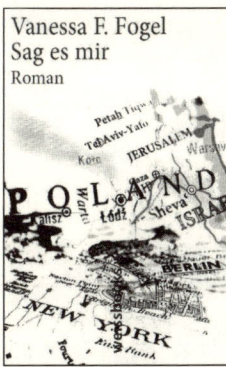

Vanessa F. Fogel
Sag es mir
Roman

Roman
Geb., 334 Seiten
€ 19,80 (D)
weissbooks.com

weissbooks.w

Breece D'J Pancake
Stories
Aus dem Amerikanischen von Katharina Böhmer

© Weissbooks GmbH Frankfurt am Main 2011
Alle Rechte vorbehalten

Konzept Design
Gottschalk+Ash Int'l

Umschlaggestaltung
Julia Borgwardt, borgwardt design
unter Verwendung eines Fotos von Wolfgang Siesing

Foto Breece D'J Pancake
© The Pancake Estate

Druck und Bindung
CPI – Clausen & Bosse, Leck
Printed in Germany
Erste Auflage 2011
ISBN 978-3-940888-10-5

weissbooks.com